Kasie West

A distância que nos separa

Tradução
Débora Isidoro

1ª edição
Rio de Janeiro-RJ / Campinas-SP, 2017

VERUS
EDITORA

Editora
Raïssa Castro

Coordenadora editorial
Ana Paula Gomes

Copidesque
Cleide Salme

Revisão
Raquel de Sena Rodrigues Tersi

Capa
Adaptação da original (Torborg Davem
© HarperCollinsPublishers Ltd 2013)

Foto da capa
© Robert Swiderski / Trevillion Images

Projeto gráfico e diagramação
André S. Tavares da Silva

Título original
The Distance Between Us

ISBN: 978-85-7686-589-6

Copyright © Kasie West, 2013
Todos os direitos reservados.
Publicado originalmente por HarperTeen, selo da HarperCollinsPublishers.
Edição publicada mediante acordo com Taryn Fagerness Agency
e Sandra Bruna Agencia Literaria, SL.

Tradução © Verus Editora, 2017
Direitos reservados em língua portuguesa, no Brasil, por Verus Editora. Nenhuma parte desta
obra pode ser reproduzida ou transmitida por qualquer forma e/ou quaisquer meios (eletrônico ou
mecânico, incluindo fotocópia e gravação) ou arquivada em qualquer sistema ou banco de dados
sem permissão escrita da editora.

Verus Editora Ltda.
Rua Benedicto Aristides Ribeiro, 41, Jd. Santa Genebra II, Campinas/SP, 13084-753
Fone/Fax: (19) 3249-0001 | www.veruseditora.com.br

CIP-BRASIL. CATALOGAÇÃO NA FONTE
SINDICATO NACIONAL DOS EDITORES DE LIVROS, RJ

W537d

West, Kasie
    A distância que nos separa / Kasie West ; tradução Débora
Isidoro. -- 1. ed. -- Campinas, SP : Verus, 2017.
    23 cm

    Tradução de: The Distance Between Us
    ISBN 978-85-7686-589-6

    1. Romance americano. I. Isidoro, Débora. II. Título.

17-40387
    CDD: 813
    CDU: 821.111(73)-3

Revisado conforme o novo acordo ortográfico

Meus olhos abrem um buraco na página. Eu devia saber.
Normalmente consigo dissecar uma equação científica com facilidade, mas não estava encontrando a resposta. A sineta sobre a porta tilinta. Guardo rapidamente o dever de casa embaixo do balcão e levanto a cabeça. Vejo um cara entrar falando ao celular.

Essa é nova.

Não o celular, mas o fato de ser um cara. Não que homens não frequentem a loja de bonecas... Não, na verdade é isso sim. Homens não frequentam a loja. É raro ver um por aqui. Quando aparecem, sempre acompanham mulheres e parecem muito constrangidos ou entediados. Não é o caso desse que entrou. Ele está sozinho e é muito confiante. O tipo de confiança que só o dinheiro pode comprar. Muito dinheiro.

Mostro um sorrisinho. Existem dois tipos de pessoas na nossa pequena cidade litorânea: as ricas e as que vendem coisas para as ricas. Aparentemente, ter dinheiro significa colecionar coisas inúteis, como bonecas de porcelana (o adjetivo "inútil" nunca deve ser utilizado perto da minha mãe em relação a bonecas). Os ricos são nosso entretenimento constante.

— Como assim, você quer que *eu* escolha? — o sr. Rico diz ao telefone. — A vovó não falou qual ela queria? — Um longo suspiro. — Tudo bem. Eu resolvo. — Ele guarda o celular no bolso e me chama com um aceno. Sim. Um aceno. É a única palavra que posso usar para descrever o movimento. Ele nem sequer olhou para mim, mas levantou a mão e moveu dois dedos em direção a ele mesmo. A outra mão alisa o queixo enquanto ele estuda a boneca à sua frente.

Eu o observo enquanto me aproximo. Olhos destreinados poderiam não perceber a riqueza que emana do cara, mas conheço riqueza, e ele exala esse cheiro. A roupa que ele veste deve custar todas as peças que tenho no meu pequeno guarda-roupa. Não que seja luxuosa. É uma roupa que se esforça para disfarçar o próprio preço: calça cargo, camisa cor-de-rosa com as mangas enroladas até os cotovelos. Mas as peças foram compradas em algum lugar especializado em contagem de fios e costura tripla. É óbvio que ele pode comprar a loja inteira, se quiser. Bom, não ele, mas os pais dele. Não percebi de imediato porque sua confiança o fazia parecer mais velho, mas, agora que estou mais perto, vejo que ele é muito jovem. Minha idade, talvez? Dezessete. Embora possa ser um ano mais velho. Como alguém da minha idade já é tão versado na arte de comandar com gestos? Uma vida inteira de privilégios, é evidente.

— Posso ajudar, senhor? — Só minha mãe teria percebido o sarcasmo que tempera a pergunta.

— Sim, preciso de uma boneca.

— Desculpe, não temos. — Muita gente não entende meu humor. Minha mãe diz que ele é seco. Eu acho que isso quer dizer que não sou engraçada, mas também significa que sou a única capaz de saber que o comentário é uma piada. Talvez se eu risse em seguida, como minha mãe faz quando atende os clientes, mais gente me entenderia, mas não tenho essa capacidade.

— Engraçado — ele responde, mas não como se realmente visse graça na piada. É mais como se não quisesse me ouvir falar. E ele ainda não olhou para mim. — Qual dessas você acha que agradaria a uma mulher idosa?

— Todas.

O músculo em sua mandíbula salta, e ele olha para mim. Por uma fração de segundo, vejo surpresa em seus olhos, como se ele esperasse ver uma velha na sua frente. Deve ser minha voz, ligeiramente mais profunda que a média. Mas isso não o impede de fazer a pergunta que já saía de sua boca.

— Qual delas você prefere?

Posso dizer "nenhuma"? Apesar de ser meu futuro inevitável, a loja é a paixão da minha mãe, não a minha.

— Gosto muito das eternas choronas.

— Hã?

Aponto um bebê de porcelana com a boca aberta em um grito silencioso, os olhos bem fechados.

— Prefiro não ver os olhos. Eles podem dizer muito. Os dela dizem: "Eu posso roubar sua alma, não vire as costas para mim".

Sou recompensada por um sorriso que apaga toda a dureza e a arrogância de seu rosto e o torna muito atraente. Ele devia adotar o sorriso como uma característica permanente. Mas, antes que eu conclua o pensamento, o sorriso já desapareceu.

— O aniversário da minha avó está chegando, e eu tenho que escolher uma boneca para ela.

— Não tem como errar. Se ela gosta de bonecas de porcelana, vai adorar qualquer uma que temos aqui.

Ele olha novamente para as prateleiras com as bonecas.

— Por que as choronas? Por que não as dorminhocas?

Ele está olhando para um bebê de aparência tranquila, com um laço cor-de-rosa nos cachos loiros, as mãos unidas embaixo do rosto, o semblante relaxado.

Também olho para ela e a comparo com a chorona ao lado. A que tem as mãos fechadas, os dedos dos pés encolhidos, as faces coradas de irritação.

Porque esta é a minha vida: gritar sem fazer barulho.

Tudo bem, eu não disse isso. Só pensei. O que realmente falei depois de dar de ombros foi:

— As duas são boas opções.

Porque, se aprendi alguma coisa sobre clientes, é que eles não querem realmente a sua opinião. Querem que você valide a opinião deles. Se o sr. Rico quer a boneca dorminhoca para a *vovó*, quem sou eu para discordar?

Ele balança a cabeça, como se discutisse com um pensamento, e aponta para uma prateleira diferente, ocupada por bonecas do tipo sugadoras de alma. A menina para a qual ele aponta está vestida com um uniforme escolar xadrez e segura a coleira de um terrier escocês preto.

— Acho que aquela é melhor. Ela gosta de cachorros.

— Quem? Sua avó ou... — Estreito os olhos para ler a plaquinha embaixo da boneca. — Peggy?

— É bem evidente que a Peggy gosta de cachorros — ele responde com um esboço de sorriso nos lábios. — Eu estava falando da minha avó.

Abro o armário na parte de baixo para procurar a caixa da Peggy. Pego a embalagem e, com todo o cuidado, tiro a boneca e o cachorro da prateleira, com a plaquinha que a identifica, e levo tudo para o caixa. Enquanto a embrulho, o sr. Rico pergunta:

— Por que o cachorro não tem nome? — E lê alto o título na caixa: — "Peggy e *cachorro*."

— Porque as pessoas gostam de dar aos animais o nome de seus amados bichinhos de estimação.

— É mesmo?

— Não. Não sei. Posso dar o telefone do fabricante, se quiser perguntar.

— Você tem o número do telefone de quem fez essa boneca?

— Não. — Digito o preço da boneca no teclado da caixa registradora e aperto "total".

— Você é difícil de ler — ele comenta.

Ele estava tentando *me* ler? O assunto eram as bonecas. Ele me entrega um cartão de crédito, e eu passo a tarja no leitor. O nome no cartão é Xander Spence. Será que se pronuncia "Zander", ou "Xander" mesmo? Não vou perguntar. Nem me interessa, na verdade. Já fui suficientemente agradável. Essa interação nem teria dependido de um sermão da minha mãe, se ela estivesse aqui. Minha mãe é muito melhor que eu em esconder irritação. Esconde até de mim. Atribuo a habilidade a anos de prática.

O celular toca, e ele o tira do bolso.

— Alô?

Enquanto espero a máquina imprimir o recibo, abro a gaveta embaixo do caixa para guardar a plaquinha com as das outras bonecas vendidas no mês. Isso ajuda a lembrar quais bonecas temos que encomendar.

— Sim, achei uma. Tem um cachorro. — Ele ouve por um instante. — Não, não *é* um cachorro. *Tem* um cachorro. A boneca tem um cachorro. — Ele vira a caixa e olha a foto da Peggy, já que a verdadeira está fechada lá dentro. — Achei bonitinha. — Olha para mim e dá de ombros, como se perguntasse se eu concordo. Assinto. Peggy é muito bonitinha. — Sim, a vendedora confirmou. Ela *é* bonitinha.

Sei que ele não está dizendo que eu sou bonitinha, mas a ênfase dá essa impressão. Pego o recibo na máquina e uma caneta para ele assinar o papel. Ele assina, eu comparo a assinatura com a do cartão e devolvo tudo para ele.

— Não, não a... Quer dizer, ela também é, mas... Ah, você entendeu. Tudo bem. Estou indo pra casa. — Ele suspira. — Sim, *depois* da padaria. Na próxima folga da sua assistente, me lembra de fugir. — E fecha os olhos. — Não foi isso que eu quis dizer. Sim, é claro que me faz dar mais valor às coisas. Tudo bem, mãe, até daqui a pouco. Tchau.

Entrego a sacola com a caixa da boneca.

— Obrigado.

— Disponha.

Ele pega um cartão da loja em cima do balcão e o estuda por um instante.

— E mais?

O nome da loja é Dolls and More. Bonecas e Mais. A pergunta já foi feita antes por outros clientes que entraram na loja e só viram bonecas.

— Bonecas e mais bonecas.

Ele inclina a cabeça.

— Antes vendíamos pulseiras de berloques, bichos de pelúcia e coisas assim, mas as bonecas ficaram com ciúme.

Ele olha para mim como se perguntasse se eu estou falando sério. É evidente que nunca encontrou alguém como eu nessas excursões para "conhecer pessoas comuns e dar mais valor às coisas".

— Me deixe adivinhar: as bonecas ameaçaram roubar a sua alma se você não atendesse às exigências delas.

— Não, elas ameaçaram libertar a alma de antigos clientes. Não podíamos correr o risco.

Ele ri, o que me surpreende. Sinto que ganhei algo que poucas pessoas tiveram, e sorrio a contragosto.

Olho para o cartão.

— Minha mãe gosta mais de bonecas. Ela cansou de cuidar do estoque de ratinhos de pelúcia. — Além disso, não tínhamos mais dinheiro para os extras. Alguma coisa teria que ser eliminada, e não seriam as bonecas. E, como estávamos em estado perpétuo de falência (sem dinheiro suficiente para nos manter na ativa), o nome da loja e os cartões continuaram como antes.

Ele toca o cartão com um dedo.

— Susan? É a sua mãe?

E essa é toda a informação fornecida, o primeiro nome dela e o número do telefone da loja, como se minha mãe fosse uma stripper ou algo assim. Odeio quando ela dá um desses cartões a alguém fora da loja.

— Sim, senhor.

— E você é...? — Ele olha nos meus olhos.

— Filha dela. — Sei que ele está perguntando meu nome, mas não quero me apresentar. A primeira coisa que aprendi sobre os ricos é que eles acham que as pessoas comuns são divertidas, mas nunca querem nada real com elas. E por mim tudo bem. Os ricos são mais uma espécie que observo de longe. Não interajo com eles.

Ele devolve o cartão e dá alguns passos para trás.

— Sabe onde fica a padaria Eddie's?

— Dois quarteirões naquela direção. Cuidado, os muffins de mirtilo têm alguma substância viciante.

— Não vou esquecer.

— *Não, não vendemos Barbie, só bonecas de porcelana* — falo ao telefone pela quinta vez. A mulher não está ouvindo. Ela insiste em dizer que a filha vai morrer se não encontrar a rainha das fadas. — Entendo. Talvez você deva tentar o Walmart.

— Já tentei. Não tem. — Ela resmunga algo sobre ter pensado que nossa loja vendia bonecas e desliga.

Coloco o fone no gancho e reviro os olhos para Skye, que nem vê, porque está deitada no chão segurando o colar com as mãos erguidas, vendo-o balançar de um lado para o outro.

Skye Lockwood é minha única amiga. Não porque as pessoas do colégio sejam ruins ou algo assim. Elas simplesmente esquecem que eu existo. E isso não é difícil, porque saio antes do almoço e nunca compareço aos eventos sociais.

Skye é alguns anos mais velha e trabalha na loja ao lado, um lugar que tem muitos "e mais". É uma loja de antiguidades chamada Hidden Treasures, ou Tesouros Escondidos, mas eu a chamo de Lixo Evidente. As pessoas adoram essa loja.

No mundo da ciência, se Skye fosse uma hospedeira, eu seria o seu parasita. Ela tem uma vida. E eu finjo que essa vida é minha. Em outras palavras, ela gosta de verdade de coisas como música, roupas vintage ecléticas e cabelos esquisitos, e eu finjo que elas também me interessam. Não que eu odeie essas coisas. Só não ligo para elas. Mas gosto de Skye, então por que não acompanhar? Principalmente porque eu nem sei do que realmente gosto.

Passo por cima dela com um suspiro.

— Ainda não encontrou as respostas da vida?

Skye sempre usa o chão da loja para fazer suas reflexões filosóficas (um jeito elegante de dizer que "discute com ela mesma").

Ela geme e põe um braço sobre os olhos.

— Que curso eu faria, se fosse para a faculdade?

Se pudesse decidir, ela trabalharia na loja para sempre, mas faculdade é importante para o pai dela, que vive dizendo que é agente funerário por nunca ter feito um curso superior.

— Lamentação?

— Ha-ha. — Ela senta no chão. — O que você vai estudar quando sair do colégio?

Nem imagino.

— Os efeitos duradouros da reflexão filosófica.

— Por que não a arte do sarcasmo?

— Tenho certeza de que já posso concluir o mestrado nesse assunto.

— Não, é sério. O que você vai estudar?

Essas são palavras que eu ouço com frequência. "Não, é sério", ou "fala sério", ou "mas é sério". Palavras de alguém que quer uma resposta de verdade. E eu não quero responder de verdade.

— Não pensei muito nisso. Acho que não vou fazer nada, pelo menos por um tempo.

Ela deita novamente.

— Acho que vou fazer a mesma coisa. Talvez a gente encontre o caminho fazendo alguns cursos livres. — E senta de repente com uma exclamação de espanto.

— O que é?

— Podemos fazer um curso juntas! Ano que vem. Você e eu. Seria incrível!

Já disse a ela um milhão de vezes que não vou fazer curso nenhum no próximo ano. Minha mãe não vai concordar com esse plano (motivo pelo qual ainda nem contei nada a ela), mas vou tirar um ou dois anos de folga dos estudos para poder ajudar na loja em tempo integral. Só que Skye parece tão feliz que eu me limito a sorrir e assentir sem me comprometer.

Ela começa a cantar uma música improvisada.

— Eu e a Caymen fazendo um curso juntas. Encontrando nosso caminho... — A voz fica mais suave até se transformar em uma melodia sem letra, e ela deita no chão novamente.

Duas meninas que acabaram de sair da loja mexeram em tudo. Minha mãe sempre diz que é mais fácil uma pessoa se encantar com uma boneca quando sabe o nome dela. Por isso tem um cartão com nome na frente de cada uma. Agora os cartõezinhos estão uma bagunça, caídos, virados. É muito triste que eu saiba que o cartão com o nome da Bethany está na frente da Susie. Muito. Muito triste.

O celular da Skye toca.

— Alô? Não... estou na Lojinha dos Horrores.

É como ela chama minha loja.

Skye ouve quieta por um tempo, depois diz:

— Não sabia que você viria. — Ela levanta e se apoia no balcão. — Sério? Quando? — E torce uma mecha de cabelo entre os dedos. — Bom, eu estava bem distraída naquele show. — A voz de Skye é leve e delicada, o que dá a tudo que sai de sua boca uma natureza doce e inocente. — Você ainda está aqui? — Ela anda entre berços e mesas cobertas de bonecas em direção à vitrine da frente, e de lá olha para fora. — Estou vendo... estou na loja ao lado. Vem aqui. — E guarda o celular.

— Quem era?

— Meu namorado.

— O namorado. Finalmente vou conhecer o cara, então?

Ela sorri.

— Sim, e vai entender por que aceitei o convite para sair logo de cara na semana passada. — Ela abre a porta, e a sineta quase é arrancada do gancho onde fica pendurada. — Oi, baby.

Ele a envolve com um braço, e Skye dá um passo para o lado.

— Caymen, este é o Henry. Henry, Caymen.

Não sei se estou prestando a devida atenção, mas não vejo nada de muito especial. Ele é magrelo, tem cabelo oleoso e nariz pontudo. Os óculos de sol estão pendurados na gola da camiseta com estampa de banda, e uma corrente presa ao cinto desce até o meio da perna, de onde volta ao bolso de trás. Sem querer, calculo quantos passos ele teve que dar da loja de Skye até a minha, e quantas vezes aquela corrente bateu em sua perna.

— Qual é? — ele diz. Sério, ele disse isso.

— Ah... tudo bem.

Skye sorri para mim como quem diz: "Viu? Sabia que você ia gostar dele". A garota é capaz de encontrar qualidades redentoras em um rato afogado, mas ainda estou tentando entender o relacionamento. Skye é linda. Não de maneira convencional. Na verdade, as pessoas olham porque ficam chocadas com o cabelo curto e loiro com pontas cor-de-rosa, o piercing de brilhante no queixo e as roupas malucas. Mas continuam olhando porque ela impressiona, com os olhos azuis e penetrantes e o porte elegante.

Henry está girando em torno dele mesmo, olhando as bonecas.

— Cara, sinistro.

— É, eu sei. A primeira vez é meio assustadora.

Olho em volta. Sim, é um pouco assustador na primeira vez. Bonecas cobrem praticamente cada centímetro das paredes, numa explosão de cores e expressões. Todas olhando para nós. Não só nas paredes, mas sobre as mesas, em berços e carrinhos que formam uma espécie de labirinto. Em caso de incêndio, não temos um caminho livre para escapar. Eu teria que atropelar bebês para sair. Bebês de mentira, mas bebês.

Henry se aproxima de uma boneca vestida com um kilt.

— Aislyn — ele diz, lendo o nome no cartão. — Eu tenho essa roupa. Devia comprar essa boneca, e a gente poderia sair em turnê juntos.

— Tocando gaita de fole? — pergunto.

Ele olha para mim de um jeito estranho.

— Não. Eu sou guitarrista da Crusty Toads.

Ah, aí está. O motivo do relacionamento. Skye tem uma quedinha por músicos. Mas ela poderia ter encontrado coisa melhor; esse cara parece ter servido de inspiração para o nome da banda, os Sapos Encardidos.

— Vamos nessa, Die?

— Vamos.

Die? Por que ele chama a namorada de "morrer"? Bom, eu pergunto para ela depois.

— Até mais, Caveman — Henry se despede de mim rindo, como se guardasse a gracinha desde o instante em que fomos apresentados.

Caveman. Homem das Cavernas. Piadinha com meu nome, Caymen.

Nem vou precisar perguntar sobre o "Die", afinal. Ele é um daqueles tipos: Distribuidor de Apelidos Instantâneos.

— Tchau — Sapo Encardido —, Henry.

Minha mãe entra na loja pela porta dos fundos quando eles estão saindo pela frente. Ela carrega duas sacolas de supermercado.

— Caymen, tem mais algumas no carro. Você pode ir buscar? — E segue para a escada.

— Quer que eu deixe a loja sozinha? — A pergunta parece boba, mas minha mãe é sempre muito veemente sobre nunca sairmos da loja quando ela está aberta. Não só porque as bonecas são caras, e o roubo delas seria um grande prejuízo, mas porque não temos um sistema de segurança com câmeras de vídeo. É caro demais para manter. Além disso, minha mãe leva a sério a questão do atendimento ao cliente. Se alguém entrar, não posso esperar nem um segundo para cumprimentá-lo e oferecer ajuda.

— Sim. Por favor.

Ela está ofegante. Minha mãe, a rainha da ioga, está arfando? Ela estava correndo?

— Ok. — Olho para a porta da frente, para ter certeza de que não vai entrar ninguém, depois corro para ir buscar as compras. Quando subo a escada, passo por cima das sacolas que ela deixou ao lado da porta e coloco outras em cima do balcão da cozinha, que tem o tamanho de um cômodo de casa de bonecas.

Esse é realmente o tema da nossa vida. Bonecas. Nós as vendemos. Vivemos na casa delas... ou de um tamanho equivalente: três cômodos minúsculos, um banheiro, uma miniatura de cozinha. E estou convencida de que o tamanho da casa é a principal razão para minha mãe e eu sermos tão próximas. Olho em volta e a vejo deitada no sofá.

— Tudo bem, mãe?

Ela senta, mas não fica em pé.

— Só estou cansada. Acordei muito cedo hoje.

Começo a tirar as compras das sacolas, guardo a carne e o suco de maçã congelados no freezer. Uma vez perguntei se não podíamos comprar suco engarrafado, e minha mãe disse que era muito caro. Eu tinha seis anos. Aquela foi a primeira vez que percebi que éramos pobres. Definitivamente, não foi a última.

— Ah, meu bem, não se preocupe com as compras. Eu guardo tudo daqui a pouco. Você fica na loja?

— Claro. — A caminho da porta, paro para pegar as sacolas do chão e deixá-las sobre o balcão e depois saio. Termino de descer a escada e lembro que vi minha mãe na cama quando saí para o colégio naquela manhã. Ela não disse que acordou *muito cedo*? Olho para trás, por cima do ombro, pensando em voltar e desmenti-la. Mas não subo a escada. Assumo meu posto atrás do caixa, pego meu trabalho de inglês e não levanto a cabeça até ouvir a sineta da porta.

3

Uma das minhas clientes favoritas está entrando na loja. Ela é idosa, mas lúcida e divertida. O cabelo é bem vermelho, às vezes beirando o roxo, quando a tintura é recente. E ela sempre usa uma echarpe, mesmo que esteja calor. Estamos no outono, o que justifica uma echarpe de vez em quando, e a de hoje é cor de laranja com flores roxas.

— Caymen — ela me cumprimenta sorrindo.

— Oi, sra. Dalton.

— Sua mãe está, querida?

— Lá em cima. Quer que eu vá chamá-la, ou posso ajudar?

— Encomendei uma boneca, queria saber se já chegou.

— Vou verificar. — Pego uma pasta na gaveta embaixo do caixa, onde ficam os pedidos. Encontro o nome da sra. Dalton sem nenhuma dificuldade, porque são poucas as encomendas, e a maioria é dela. — Está prevista para chegar amanhã, mas vou telefonar para confirmar, assim a senhora não precisa vir aqui à toa. — Ligo para o fornecedor e descubro que a boneca será entregue no dia seguinte, à tarde.

— Desculpe, dei trabalho para você. Sua mãe já tinha me falado a mesma coisa. Era só esperança, achei que podiam ter mandado antes do previsto. A boneca é para a minha neta, que faz aniversário daqui a algumas semanas.

— Que legal. Tenho certeza de que ela vai adorar. Quantos anos vai fazer a menininha de sorte?

— Dezesseis.

— Ah. É uma... grandinha de sorte. — Não sei de que outra maneira responder sem parecer grosseira.

A sra. Dalton ri.

— Não se preocupe, Caymen, eu comprei outros presentes para ela. Esse é mais para deixar a vovó feliz. Compro uma boneca para ela todos os anos desde o primeiro aniversário. Tenho dificuldade para romper uma tradição, por mais que seja ultrapassada.

— Minha mãe agradece por isso.

A sra. Dalton ri. Ela entende minhas piadas. Talvez por ser um pouco sarcástica também.

— Ela é a única menina, posso mimar à vontade.

— Qual é a tradição para os meninos?

— Um chute no traseiro.

— É uma ótima tradição. Seria bom dar uma boneca para cada um no aniversário. Eles devem se sentir excluídos.

Ela ri.

— Posso tentar. — A sra. Dalton olha com tristeza para a pasta sobre o balcão, como se tentasse alterar a data de entrega da boneca com um toque de mágica e recebê-la agora. Depois abre a bolsa para procurar algo. — Como vai a Susan?

Olho para trás como se minha mãe fosse aparecer na escada só com a menção do nome dela.

— Bem.

Ela pega um caderninho vermelho e vira algumas páginas.

— Amanhã à tarde, então?

Confirmo balançando a cabeça.

— Ah, não vai dar. Marquei hora no salão de beleza.

— Tudo bem. Guardamos a boneca para quando a senhora puder vir. Talvez na quarta-feira, ou qualquer dia da semana. Como for melhor.

Ela pega a caneta preta em cima do balcão e escreve alguma coisa no caderninho.

— Talvez eu mande alguém vir buscar. Pode ser?

— É claro.

— O nome dele é Alex.

Escrevo o nome Alex ao lado da linha de retirada da encomenda.

— Pronto.

Ela segura minha mão e a aperta entre as dela.

— Você é uma boa menina, Caymen. Fico feliz por estar aqui para ajudar a sua mãe.

Às vezes fico pensando em quanto essas mulheres conversam com minha mãe. O que sabem sobre nossa história? Conheceram meu pai? Filho mimado de uma família rica, ele fugiu antes de minha mãe conseguir terminar de anunciar a gravidez. Os pais dele a fizeram assinar documentos que ela nem entendia direito, mas que a impediam definitivamente de tentar exigir qualquer tipo de ajuda financeira. E deram a ela um dinheiro que, depois de um tempo, acabou sendo o capital inicial da loja de bonecas. E é por isso que não tenho a menor vontade de conhecer essa joia rara que é meu pai. Não que ele tenha tentado me conhecer.

Bom, talvez eu tenha uma pequena vontade. Mas, depois de tudo que ele fez com minha mãe, acho que não seria certo.

Afago a mão da sra. Dalton.

— Ah, a senhora me conhece, estou competindo pelo prêmio de Melhor Filha na categoria Universal. Ouvi dizer que este ano o título vem com uma caneca.

Ela sorri.

— Acho que você já ganhou.

Reviro os olhos. Ela dá um tapinha na minha mão e sai da loja sem pressa, estudando as bonecas a caminho da porta.

Sento na banqueta atrás do balcão e leio mais um pouco. Quando o relógio marca quase sete horas da noite, olho para a escada pela enésima vez. Minha mãe não desceu. Isso é estranho. Ela raramente me deixa sozinha na loja se está em casa. Depois de trancar as portas, baixar as persianas e apagar as luzes, pego a correspondência e subo.

A casa está com um cheiro incrível. Cheiro de cenouras cozidas e purê de batatas com molho.

Minha mãe está parada na frente do fogão, mexendo o conteúdo de uma panela. Quando abro a boca para dar um oi, ela diz:

— Eu sei. E esse é o problema.

Percebo que ela está falando ao telefone, então vou para o meu quarto tirar os sapatos. Na metade do corredor, escuto a voz dela:

— Ah, fala sério. Eles não moram aqui, não interagem com a sociedade.

Deve estar conversando com a melhor amiga dela. Ela não sabe, mas já ouvi muitas conversas parecidas. Deixo os sapatos no quarto e volto à cozinha.

— Que cheiro bom, mãe — eu digo.

Ela dá um pulinho e diz:

— Ah, a Caymen acabou de chegar. Preciso desligar.

Minha mãe ri de alguma coisa que a amiga fala. Sua risada é como uma canção melódica.

A cozinha não gosta de receber duas pessoas ao mesmo tempo, por isso empurra quinas do balcão e puxadores de gaveta contra o meu quadril e a parte baixa das costas. Logo desisto da ideia de ficar ali com minha mãe e contorno o balcão para ir à saleta de jantar.

— Desculpe por não ter ido ficar com você na loja — ela fala depois de desligar o telefone. — Pensei em fazer um jantar legal para a gente. Faz tempo!

Sento e começo a analisar a correspondência que trouxe para cima.

— Alguma ocasião especial?

— Não. Só vontade mesmo.

— Obrigada, mãe. — Pego o envelope cor-de-rosa da conta de energia. Não sei por que adotam essa cor para as contas em atraso. O rosa é realmente a melhor maneira de anunciar para o mundo (ou para o carteiro, pelo menos) que "essas pessoas são fracassadas irresponsáveis"? Eu acho que amarelo-vômito seria bem melhor. — Aviso de quarenta e oito horas.

— Ai. É o único?

— Parece que sim.

— Tudo bem. Eu pago pela internet mais tarde. Deixe em cima do balcão.

Não preciso nem levantar para alcançar o balcão. A distância entre ele e a mesa é menor que meu braço estendido. Minha mãe traz dois pratos de comida fumegantes e põe um deles na minha frente. Conversamos enquanto comemos.

— Ah, mãe, esqueci de falar sobre o cara que foi na loja outro dia.

— Ah, é?

— Ele me chamou movendo os dedos.

— Devia estar só tentando pedir ajuda.

— E ele não aprendeu a sorrir, mas tentou, em um momento.

— Espero que você não tenha feito nenhum desses comentários. — Ela come uma porção de batata.

— Só falei que você dá aula de sorrisos à tarde. Acho que ele vem amanhã.

Ela olha para mim assustada, mas percebe que estou brincando e suspira, embora eu perceba seu esforço para conter um sorriso.

— A sra. Dalton esteve na loja hoje.

Dessa vez ela sorri.

— Ela também apareceu na semana passada. Fica muito agitada quando está esperando uma boneca.

— Eu sei. É fofo. — Pigarreio e desenho uma espiral com o garfo no prato antes de olhar para minha mãe.

— Desculpe, eu sei que abandonei você lá embaixo hoje, mas estava cuidando da papelada aqui em cima.

— Tudo bem.

— Você sabe que eu reconheço tudo que você faz para ajudar, não sabe?

Dou de ombros.

— Não faço muita coisa.

— Faz, sim. Nem sei o que eu faria sem você.

— Acho que teria muitos gatos.

— Sério? Você acha que eu seria a tia dos gatos?

Assinto devagar.

— Sim, ou dos quebra-nozes.

— Quê? Eu nem gosto de nozes!

— Não precisa gostar de nozes para ter várias bonecas de madeira com a boca aberta em forma de quebra-nozes.

— Ah, está dizendo que sem você eu teria uma personalidade completamente diferente e seria a tia dos gatos ou a louca dos quebra-nozes?

Sem mim, ela teria uma vida completamente diferente. Teria ido para a faculdade e casado, provavelmente, e não teria sido deserdada pelos pais.

— Bom, é, sem mim na sua vida, você não teria humor nem amor. Seria uma mulher muito, muito triste.

Ela ri novamente.

— É verdade. — Minha mãe deixa o garfo no prato e fica em pé. — Terminou?

— Sim.

Ela pega meu prato e coloca em cima do dela, mas não sem antes notar que não comi quase nada. Ouço o barulho da torneira.

— Mãe, você cozinhou, eu lavo a louça.

— Tudo bem, obrigada, docinho. Acho que vou deitar e ler um pouco.

Limpo a cozinha em vinte minutos. A caminho do meu quarto, passo pelo da minha mãe para dar boa-noite. O livro está aberto em cima da cama, e ela dorme profundamente. Está cansada de verdade. Talvez tenha levantado muito cedo, como disse, para se exercitar ou resolver algo, e depois voltou a dormir. Fecho o livro, deixo-o sobre o criado-mudo e apago a luz.

1

Quando entro na loja de bonecas no dia seguinte depois da aula, eu me surpreendo ao ver um homem parado diante do balcão. Ele usa roupas pretas, é bronzeado e tem uma barba curta e escura. Sim, definitivamente, o tema ali é escuro. Ele exala essa característica, mas minha mãe tem as faces coradas e sorri. Quando a sineta da porta anuncia minha entrada, os dois olham para mim.

— Oi, Caymen — diz minha mãe.

— Oi.

— A gente se vê, Susan — diz o desconhecido.

Minha mãe assente.

Ele sai e eu pergunto:

— Quem é? — Deixo a mochila embaixo do balcão. — Alex?

— Quem é Alex?

— O homem que vem buscar a boneca da sra. Dalton.

— Ah, não, era só um cliente.

Sei. Vejo através da vitrine o desconhecido se afastando. Um homem sozinho de quarenta e poucos anos é um cliente. Quase faço esse comentário, mas minha mãe diz:

— Que bom que você já chegou. Preciso levar umas coisas ao correio antes da uma hora. — Ela pega duas caixas e alguns envelopes e se dirige à porta dos fundos. — Ah, a boneca da sra. Dalton está aqui atrás.

— Tudo bem, até mais tarde.

A porta da frente é aberta, então levanto a cabeça imaginando que o "cliente" da minha mãe voltou, mas quem eu vejo é Henry, e ele pa-

23

rece diferente. Não sei se tomou banho, ou se carregar o estojo da guitarra faz o cara parecer mais atraente do que é, mas, de qualquer maneira, de repente ele mostra um pouco mais do que Skye vê nele.

— Oi, Caveman.

Afff. Ele deve ter esquecido o meu nome.

— Oi, Toad. A Skye não está aqui.

— Eu sei. Vim ver se posso tocar uma música que fiz pra ela. Você me diz se acha que ela vai gostar.

— Tudo bem. É claro. — Ele senta no chão e pega a guitarra. Apoia as costas em um armário baixo, estendendo e cruzando as pernas. As bonecas na prateleira de vidro acima dele e nos bercinhos de madeira ao lado parecem fazer parte de um clipe musical. Ele dedilha as cordas, limpa a garganta e começa a cantar.

A canção é boa, mas beira o brega. O verso sobre como ele morreria sem Skye me faz querer dar risada, mas consigo me controlar. Porém, no fim da música, entendo completamente o que Skye viu nele. Tenho certeza de que estou olhando para o garoto com ar sonhador. Por isso fico vermelha ao ouvir alguém aplaudindo no silêncio depois da canção.

Xander está parado na porta da loja. Hoje ele parece ainda mais rico. O visual consiste em cabelo perfeitamente penteado, roupas de grife e mocassim Gucci sem meias.

— Ótima música — ele diz a Henry.

— Obrigado. — Henry olha para mim em busca de confirmação.

— Sim, é incrível.

Ele respira aliviado e deixa a guitarra de lado. Olho para Xander.

— Recebi uma missão incomum — ele diz.

— Mais um dia convivendo com a plebe e aprendendo a dar mais valor a sua vida? — Eu podia jurar que havia dito algo assim na última vez, mas a expressão ofendida que surge em seu rosto me faz deduzir que antes eu só pensei. Ah, de qualquer maneira, era brincadeira (mais ou menos). Se ele não sabe brincar, problema dele.

— Mais ou menos isso — ele resmunga.

Henry fica em pé.

— A boneca escocesa é minha, não toca nela.

Xander levanta as mãos.

— Não estou interessado. — Tenho a impressão de que Xander acha que Henry está se referindo a alguma coisa além de uma boneca vestida com um kilt. Mas, se Xander não está interessado, não importa, de qualquer maneira.

Henry se dirige à porta.

— Vou cantar essa música na nossa apresentação na sexta à noite. Vai lá. Vamos tocar no Scream Shout. Dez da noite. — Scream Shout é um bar que fica a cinco quarteirões da loja, um lugar onde as bandas locais tocam para plateias pequenas e bêbadas, geralmente por pouco ou nenhum dinheiro. De vez em quando, Skye e eu vamos lá, mas não é o tipo de lugar de que eu gosto.

Xander o vê sair e olha para mim em seguida.

— Minha avó pediu para eu vir buscar uma encomenda.

— Sua avó? — Abro a pasta pensando que posso ter ignorado alguma encomenda.

— Katherine Dalton.

— A sra. Dalton é sua avó?

— Por que a surpresa?

Abro e fecho a boca. *Porque a sra. Dalton é doce, simples e incrível... E você se acha muito importante, tem unhas perfeitas e forra as roupas com dinheiro* (ou pelo menos essa é a justificativa que encontro para uma postura como a dele).

— Eu nem imaginava, só isso.

— Quer dizer que ela nunca fala sobre o neto brilhante?

— Pensei que ela fosse mandar o Alex.

— Eu sou o Alex.

Ah. Dã. Xander. De Alexander.

— As pessoas te chamam de Alex ou Xander?

Ele sorri, arrogante, como se eu tivesse procurado o nome no Google ou algo parecido.

— O cartão de crédito — explico, lembrando que ele usou o cartão na última vez em que esteve aqui.

— Ah. Eu prefiro Xander, mas meus avós me chamam de Alex. É o nome do meu avô, sabe como é.

Nem imagino.

— Ah, sei.

— Então, filha da Susan... — Ele apoia os cotovelos no balcão, olha para uma maçã de madeira que um cliente nos deu de presente há anos e começa a girá-la. — A minha boneca chegou?

Dou risada do tom da pergunta.

— Sim, chegou. Só um minuto. — Vou buscar a caixa na sala dos fundos da loja e a levo para o balcão. Fico surpresa por ver que minha mãe não abriu a embalagem para verificar a boneca. Às vezes elas chegam rachadas ou quebradas, e o serviço de transporte é responsável por eventuais danos. Pego uma tesoura no porta-lápis ao lado do caixa e corto a fita adesiva. — Só preciso dar uma olhada para ter certeza de que nenhum membro foi amputado na viagem.

— Tudo bem.

Tiro a boneca da caixa da transportadora e a examino com cuidado.

— Mandy — ele diz ao ler a etiqueta.

— A Mandy está em perfeita forma. Sua avó vai ficar feliz. É para a sua irmã?

— Não, minha prima. Scarlett. Essa boneca parece muito com ela. É meio sinistro.

— Sua prima usa meia de renda e vestido de tricô?

— Não, mas o cabelo... E minha prima tem esse olhar maroto.

— Quer dizer que a sua prima tem cabelo preto chanel e está procurando encrenca?

— Exatamente.

Empurro a caixa por cima do balcão na direção dele.

— Manda um oi para sua avó por mim.

— E ela vai saber quem é o "mim"?

— Todo mundo sabe.

— Todo mundo menos eu, aparentemente. — Ele pega o celular e digita alguma coisa.

— O que está fazendo?

— Mandando seu oi para minha avó.

Reviro os olhos.

— Isso é jogo sujo.

— Não sabia que estávamos jogando. — Xander me oferece o primeiro sorriso do dia, e de repente fico feliz por ele não sorrir muito. É mais letal que qualquer arma. — Oi, vó. Peguei a boneca... Sim, uma moça na loja me ajudou. Ela me pediu para mandar um oi. Não, não é a Susan.

Dou risada.

— É a filha dela. Cabelo escuro, olhos verdes.

Abaixo a cabeça, surpresa por ele ter notado a cor dos meus olhos. Os dele são castanhos com reflexos dourados. Não que eu tenha prestado atenção.

— Dezesseis...? — Ele arregala os olhos, me perguntando se calculou certo. Balanço a cabeça em resposta negativa. — Dezessete?

E meio.

— Caymen? — Ele levanta as sobrancelhas para mim. Dou de ombros. — Bom, a Caymen mandou um oi... Doce? Não sei se é doce, mas é interessante. Eu *estou* sendo gentil. Você devia dizer a ela para ser gentil. Ela nem me disse o nome... Não, não é porque eu fui grosseiro.

Adoro a sra. Dalton.

Anoto na ficha o dia e a hora em que a encomenda foi retirada. Em seguida, por alguma razão, acrescento "ander" depois de Alex, fecho a pasta e a guardo embaixo do balcão. Ele ainda ouve com atenção o que a avó está falando pelo celular. Olha para mim e levanta um dedo. Leva a mão ao bolso, pega a carteira e um cartão de crédito sem sequer olhar para ele.

— Ela já pagou — sussurro.

Ele assente e guarda o cartão.

A avó diz alguma coisa que o faz sorrir. O sorriso. O que tem naquele sorriso, afinal? Talvez sejam os dentes brancos e perfeitos. Mas é mais que isso. É meio inclinado, um lado da boca sobe mais que o outro. E, de vez em quando, os dentes de cima mordem o lábio inferior. É um sorriso franco, diferente do restante de sua aparência, que é uma fortaleza.

— Tudo bem, tenho que desligar. A Caymen está me encarando, provavelmente pensando se não vou sair da loja para ela poder trabalhar.

É estranho ouvi-lo dizer meu nome. Cria a impressão de que ele é mais que um cliente qualquer. Quase como se nos conhecêssemos, agora.

Ele guarda o celular no bolso.

— Caymen.

— Xander.

— Isso quer dizer que eu ganhei o jogo?

— Não sabia que estávamos jogando.

Ele pega a boneca e se afasta com um sorriso daqueles, mordendo o lábio.

— Acho que sabia sim.

5

Há cerca de um ano, minha mãe começou a alugar a sala dos fundos da loja para festas de aniversário de meninas. Na época, achei a ideia ridícula (ainda acho), mas ela pensava em encomendar bonecas não finalizadas e deixar as convidadas darem os toques finais, como roupas, cor de cabelo e olhos, para que elas pudessem levar para casa uma boneca personalizada. No início, minha mãe deixava as meninas pintarem os olhos, mas isso acabou resultando em um festival de esquisitices. Então agora eu fico no caixa pintando todos eles, enquanto minha mãe supervisiona a festa nos fundos da loja e ajuda as meninas a escolherem roupas e cabelo. Em um dia bom, fechamos com cem dólares no caixa. Na maioria dos sábados, acabamos empatando capital (minha mãe é muito mole e deixa as crianças escolherem mais que as três peças de roupa incluídas no pacote).

Hoje acho que lucramos uns vinte dólares, e o que mais quero é parar com essa coisa de festas aos sábados. Mas minha mãe gosta, fica feliz com as risadas das crianças, e eu não reclamo. As meninas saem da loja rindo, levando as bonecas vestidas com roupas novas e mexendo em tudo a caminho da porta. Minha mãe passa as duas horas seguintes limpando a "sala de festas" (anteriormente conhecida como sala de descanso).

Levanto a cabeça quando Skye entra na loja. Henry está atrás dela.

— Sentimos sua falta ontem à noite — ela diz.

Não sei do que ela está falando.

29

— O que aconteceu ontem à noite?

— Minha banda tocou no Scream Shout — Henry responde como se eu fosse maluca.

— Ah, é. Como foi?

Skye sorri.

— O Henry compôs uma música pra mim.

Ele deixa a guitarra encostada e senta ao lado dela.

— Pensamos em repetir a noite.

— Legal — eu falo, olhando a lista que minha mãe fez das roupas que estão acabando e comparando com as encomendas que já solicitei.

— Ela não parece estar animada, mas está — Skye diz a Henry.

— Completamente — confirmo em tom seco.

Ele dedilha algumas cordas da guitarra.

— A Caveman não tem vida — canta. Jogo a caneta nele, mas preciso dela, por isso saio de trás do balcão e vou pegá-la no chão.

Skye dá risada.

— Ela tem vida, Henry. Mas é sem graça.

— Considerando que passo metade do tempo com você, Skye, você devia tomar mais cuidado com o que diz.

— A Caveman tem uma vida sem graça no momento — ele canta. — Ela precisa de mais agitação e movimento.

— Não, eu não me incomodo com o tédio, obrigada. — Na verdade, estou bem ajustada à minha vida monótona, só tenho vontade de arrancar os cabelos uma vez por semana.

Skye ajeita uma boneca na prateleira ao lado dela.

— É sério, Caymen, você devia ter ido ontem à noite. Por que não foi?

— A que horas vocês voltaram pra casa? — pergunto.

— Não sei. Duas, talvez?

— Então, por isso que eu não fui. Eu tinha que trabalhar hoje de manhã.

— Ela parece uma adulta — diz Henry.

Quem perguntou?

— Toca uma música pra ela, Henry. Uma de verdade.

— Tudo bem.

Quando ele começa a tocar, Skye pega o papel da minha mão e o deixa em cima do balcão.

— Dá um tempo. — Ela me puxa para o chão na frente de Henry. Enquanto ele canta, Skye olha para mim. — Ah, alguém perguntou de você ontem à noite.

— Onde?

— No Scream Shout.

— Quem?

— Não sei, um cara que parecia ter dinheiro para ser dono do bar. Roupas de grife, dentes brancos...

Por alguma razão, isso provoca em mim um arrepio de medo.

— O Xander?

Ela dá de ombros.

— Não sei. Ele não falou o nome dele.

— E o que ele falou?

— Bom, eu ouvi enquanto ele conversava com um cara atrás de mim. Ele disse: "Você conhece uma garota chamada Caymen?" O outro disse que não. Quando virei para falar que eu sabia quem você era, ele já tinha se afastado.

— E ele foi embora?

— Não, ficou lá. Ouviu o Henry tocar, pediu um refrigerante. Depois foi embora.

Xander tinha me procurado. Ah, não. O sr. Riquinho e seu estilo mais que perfeito tinham que ficar longe de mim.

— Ele estava sozinho?

— Não. Com uma garota. Cabelo curto e escuro, jeito entediado

A prima, talvez? Dou de ombros.

— Quem é ele?

— O neto de uma cliente, só isso.

— O neto rico de uma cliente rica?

31

— É.

— Devíamos ter mais amigos ricos. Acho que a gente ia se divertir muito mais.

— Do que você está falando? — Aponto para Henry. — Isso é ser classe alta. Temos nosso músico particular!

— Vocês não estão nem ouvindo a minha música — ele reclama.

— Desculpa. É incrível, baby.

Henry para de tocar e guarda a guitarra no estojo.

— Caveman, vou te fazer um favor.

— Por favor, não.

— Escuta. Vou te apresentar um amigo. Podemos sair juntos. — Ele olha para Skye. — O Tic. O vocalista da Crusty Toads.

Skye sorri.

— Ah, sim, ele é legal. Você vai gostar dele, Caymen.

— Tick? Tipo carrapato em inglês?

— Não, tipo tique nervoso. — Ele pisca, imitando o que deduzo ser um cacoete. — Tic não é o nome dele de verdade.

— Não brinca! — reajo.

— É verdade. Mas eu esqueci o nome dele. Sério, vocês seriam perfeitos juntos. Você vai gostar dele.

Levanto e pego o papel.

— Não. Não quero sair. — Muito menos para um encontro com um cara que nem conheço, cujo apelido é "Tic" e que *Henry* pensa ser perfeito para mim.

— Por favor, por favor, por favor — Skye implora puxando meu braço.

— Eu nem conheço o cara. Vou me sentir patética.

— Isso é fácil de resolver. Posso dizer para ele vir aqui um dia desta semana para dar um oi — Henry sugere.

Olho para ele.

— Não se atreva.

— Isso parece um desafio. — Henry dá risada.

— Não é, Toad. Não faça isso. — Seria errado mandar uma das bonecas atacar o garoto?

— Não se preocupa. Eu sou discreto. Não vou dizer que você quer sair com ele nem nada disso.

— Que bom, porque eu *não* quero, mesmo.

Skye canta:

— Ansiedade...

Henry dá risada e levanta do chão.

— Não se preocupa, Caymen, vai dar tudo certo. Seja você mesma, só isso.

Ah, não. Odeio essa coisa de ser eu mesma. Como se eu e Tic tivéssemos nos conhecido e houvesse rolado um interesse, e agora eu só tivesse que dar continuidade à história. É ridículo.

— Vamos, Die?

— Sim. A gente se vê. — Ela sorri para mim de um jeito insinuante, e eu me limito a soltar um gemido. Isso tudo é muito chato. Eles vão mandar um cara chamado Tic vir me dar um oi na loja, e não há nada que eu possa fazer para impedir.

6

Depois de uma semana olhando ansiosamente cada vez que ouço a sineta da porta tocar, começo a pensar que Skye convenceu Henry a desistir da terrível ameaça de mandar Tic ir até a loja. Porém, na tarde de segunda-feira, o pior acontece. Um cara entra na loja segurando um maço de folhas de papel.

Ele tem cabelo curto, preto e enrolado e pele cor de café. Um piercing de argola chama ainda mais atenção para os lábios grossos. Ele usa jeans com a bainha dentro do coturno e uma camiseta com uma frase estampada: "Minha banda é mais legal que a sua". De um jeito meio torturado, ele até que é bem atraente. E descolado demais para mim. Eu me pergunto por que Skye não está saindo com *esse* cara. Ele tem muito mais a ver com ela.

— Oi — ele me cumprimenta com voz rouca, como se tivesse acabado de acordar ou precisasse limpar a garganta. — O Henry falou que vocês toparam deixar uns panfletos do nosso próximo show em cima do balcão.

— Aposto que as velhinhas vão adorar um show de rock — respondo. Ele franze a testa.

— É, o Henry disse que... — E para de falar ao ver um bebê de porcelana dentro de um cesto. — Acho que entrei na loja errada.

— Não, tudo bem. Pode deixar os panfletos aqui.

Ele se aproxima e deixa uma pilha pequena de panfletos em cima do balcão, depois olha para mim. Deve ter gostado do que viu, porque aponta para os panfletos e diz:

— Você devia ir.

O panfleto tem o desenho de um sapo que parece ter sido atropelado por um caminhão. Quem desenhou essa coisa? Sobre a barriga do sapo está escrito: "Crusty Toads". Embaixo dele: "Sexta-feira, 22h, Scream Shout".

Quase faço um comentário sarcástico sobre o panfleto, mas me contenho.

— Vou tentar — digo.

— Parece que é a última coisa que você quer fazer. — Ele pisca com força, o que me faz lembrar seu apelido. — Eu sou o vocalista. Isso te faz ter menos ou mais vontade de ir?

Sorrio.

— Talvez um pouco mais.

— Meu nome é Mason. — Bem melhor que Tic.

— Caymen.

Por favor, sem apelidos.

— É um prazer, Caymen.

Cinco pontos.

— Então, quais são as chances de eu te ver na sexta-feira?

Olho novamente para o panfleto, depois para ele.

— São bem razoáveis.

Ele puxa o piercing da boca.

— Diz para as velhinhas que vai ser um arraso.

— Vou dizer.

Quando ele está virando para sair, minha mãe entra na loja pela porta dos fundos, e ele para.

— Oi — ela diz.

— Mãe, esse é o Mason. Mason, minha mãe, Susan.

— Oi, Susan, é um prazer te conhecer.

— O prazer é meu. — Ela aponta o teto. — Caymen, se precisar de mim, estarei lá em cima dando alguns telefonemas. — Ela tem os ombros caídos e segura o corrimão da escada.

35

— Tudo bem?

— Sim... Eu... Sim, tudo bem.

Vejo minha mãe subir, depois olho para Mason.

Ele aponta os panfletos sobre o balcão.

— Vejo você na sexta. — E acena para mim a caminho da porta.

Mordo o lábio e olho para o sapo no papel. Preciso de uma roupa nova e de um corte de cabelo. Alguma coisa diferente. Olho para a porta para ter certeza de que não tem nenhum cliente entrando, depois vou ao escritório da minha mãe para ver se ela já assinou o cheque do meu pagamento. Normalmente ela o deixa dentro de um envelope em cima da mesa. Não é muito, e já falei um milhão de vezes que acho estranho receber salário, mas ela insiste.

Na gaveta à direita fica o livro contábil, sempre cheio de notas e papéis soltos. Eu o pego e abro na última página, onde a vi deixar meu cheque várias vezes. Nada. Começo a fechar o livro, mas um lampejo vermelho chama minha atenção. No fim da página, leio o último número, "2.253,00", em vermelho. Isso é mais do que gastamos em um mês. Eu sei. De vez em quando eu faço as contas.

Meu coração dispara, e a culpa prejudica minha respiração. Eu ali procurando meu salário, e minha mãe nem tem dinheiro para me pagar. Estamos mais que falidas. Não é à toa que minha mãe tem estado tão estressada ultimamente. Isso significa que vamos perder a loja? Por um segundo, penso na vida sem a loja de bonecas.

E nesse segundo eu me sinto livre.

Olho para o espelho na parede do meu quarto. Nem recuando até a outra parede, consigo ver meu corpo inteiro. Meu quarto é muito pequeno. Arrumei o cabelo, vesti meu melhor jeans e uma camiseta preta e amarrei as botas roxas. Nada novo. Luto com o pensamento de que isso não é uma boa ideia. Em oito horas vou ter que acordar para ir trabalhar. Saber que a loja está em uma situação muito ruim me faz sentir culpada. Como se eu não tivesse me esforçado o suficiente. Pela centésima vez, digo a mim mesma que não preciso ficar até tarde. Só dar um oi e voltar para casa.

Minha mãe passa pela porta do quarto e volta.

— Pensei que já tivesse saído.

— Não, e não tenho que ir, se você precisar de mim.

— Caymen, estou bem. Vai logo. Você está incrível.

Percorro a pé os cinco quarteirões até o Scream Shout e vou olhando em volta. Old Town parece o cenário de um filme de faroeste. Todas as lojas têm fachadas de tábuas verticais ou tijolos vermelhos. Algumas até têm portas vaivém, como as dos saloons. As calçadas são de pedras. A única coisa que falta é a barra horizontal na fachada para amarrar os cavalos. Em vez disso, a rua é larga e há vagas demarcadas para estacionamento na diagonal. O mar fica a vários quarteirões dali, mas em uma noite tranquila dá para ouvi-lo, e eu sempre sinto o cheiro dele. Respiro fundo.

Tem um estúdio de dança duas portas depois da nossa loja de bonecas, e me surpreendo ao ver as luzes acesas tão tarde da noite. As janelas largas e a noite escura permitem ver o interior como se fosse uma tela de cinema. Há uma menina lá dentro, provavelmente da minha idade, dançando diante de uma parede de espelhos. Os movimentos graciosos do corpo sugerem anos de estudo. Fico pensando por que algumas pessoas nascem sabendo o que querem fazer da vida, enquanto outras, como eu, não têm a menor ideia. Suspiro e continuo andando.

O Scream Shout está cheio. Reconheço algumas pessoas do colégio e aceno. O palco nem é digno de ser chamado assim. É mais uma plataforma frágil. Mesas descoordenadas ocupam a área em volta dele, e um balcão se alinha a uma das paredes. Tem tanta gente ali que preciso procurar Skye.

— Oi — ela diz ao me ver. Hoje seu cabelo está mais rosa do que nunca, e me sinto sem graça ao lado dela.

— Oi. Está cheio hoje.

— É, bem legal. Você deve ter impressionado o Tic, porque ele acabou de perguntar se eu achava que você viria. — Skye inclina a cabeça na direção de uma porta ao lado do palco, onde, deduzo, a banda deve estar se preparando para tocar.

— Precisamos usar esse apelido? — Ainda não decidi que impressão eu tive de Mason, mas deve ter sido muito boa, ou eu não estaria aqui perdendo horas de sono.

— Sim, precisamos, Caveman.

— Por favor. Você não, Die.

Ela dá risada.

— Eu sei, são horríveis. Mas eu dou risada quando você chama o Henry de Toad.

— E como vai o namoro com o Toad?

— Bem. — Skye é muito leal. Henry teria que fazer algo terrível para ela terminar o namoro nesse momento. Não que eu espere isso dele. Com exceção do hábito de criar e usar apelidos horríveis, Henry até que é decente.

Olho para o palco esperando vê-lo ocupado pelos integrantes da banda.

— Acho que você vai acabar se apaixonando loucamente pelo Henry esta noite, porque o cara vai atacar de rock star para impressionar.

— Com certeza. — Ela sorri. — E você vai se apaixonar pelo Tic, porque a voz dele parece mel.

Ela tem razão. Sobre a voz dele parecer mel, pelo menos. Quando Mason começa a cantar, não consigo desviar os olhos dele. Sua voz tem uma qualidade suave e rouca que me faz querer dançar. Quando ouço Skye rir baixinho a meu lado, saio do transe.

— Eu avisei — ela comenta quando a encaro.

— O quê? Estou só ouvindo. É grosseiro não prestar atenção.

Ela ri outra vez.

Quando a última canção chega ao fim, Mason pula do palco e desaparece atrás dele com os outros membros da banda. Henry é o primeiro a aparecer, e ele e Skye se pegam na minha frente durante um tempo. Nojento. Por que de repente quero ter alguém para pegar também? Vivo bem sozinha. Dominei essa arte. O que mudou então? O sorriso de Xander cintila na minha cabeça. Não. Apago a imagem.

Quando tenho certeza de que uma amostra da saliva da Skye vai ter o DNA de Henry, eu protesto:

— Ah, chega!

Ela se afasta rindo, e Henry finge que só agora percebe minha presença. Sei.

— E aí? — Ele diz, depois vira para o balcão e pede uma água gelada. Henry pega a garrafa e vamos procurar uma mesa. Estão todas ocupadas, então ficamos conversando em pé em um canto.

Depois de um tempo, Mason aparece e apoia um braço no meu pescoço. A camiseta está molhada de suor, o que quase elimina completamente o efeito que sua voz teve sobre mim.

— Oi, Caymen, você veio.

— É, estou aqui.

— Tudo bem?

— Tudo ótimo.

— Trouxe as velhinhas? — Ele olha em volta como se essa fosse uma possibilidade real.

— Ah, quase trouxe uma, mas ela cancelou na última hora. Acho que preferiu o show da banda de heavy metal no centro.

— Que banda? — Henry pergunta, e Mason começa a rir.

— Foi uma piada, idiota — ele diz.

— Não me chama de idiota.

— Então não se comporta como um.

Henry fica sério, e Skye diz:

— Você não é idiota, baby.

Os dois começam a se pegar de novo. Eca. Fala sério.

— Quer beber alguma coisa? — Mason pergunta enquanto me leva para uma mesa que acabou de ficar vaga.

— Sim, por favor.

Sento e logo ele volta com duas garrafas de cerveja e me oferece uma. Levanto as mãos em um gesto negativo.

— Ah, eu não bebo. Tenho dezessete anos.

— E daí? Eu tenho dezenove.

— Minha mãe diz que tem o direito de me assassinar até eu completar dezoito. — Ela sempre diz para eu colocar a culpa nela, caso esteja em uma situação desconfortável. Funciona bem.

Ele ri.

— Entendi, essa é boa. — E senta ao meu lado.

Eu o vejo beber a cerveja por um minuto, depois aviso:

— Vou buscar uma água.

— Ah! — Ele levanta depressa. — Fica aqui, eu vou.

Eu o vejo caminhar para o bar e tento decidir se estou agitada por estar conversando com o vocalista da banda ou por ser o Mason. Quando duas garotas se aproximam dele perto do balcão do bar e Mason vira para falar com elas, percebo que é a primeira alternativa. Afinal mal o conheço. Isso me faz sentir bem superficial.

O garçom entrega a ele meu copo de água gelada, mas Mason continua conversando.

Eu me levanto. Preciso ir embora. Amanhã acordo cedo.

Volto ao canto onde deixamos Skye e Henry e bato no ombro dela.

— Estou indo.

Ela se afasta um pouco de Henry.

— Espera. — Olha em volta e vê Mason. — Não, não vai. Ele sempre é assediado pelas garotas. Não é culpa dele.

— Não estou preocupada com ele. Não é por isso que vou embora. — Estou tentando me convencer disso, pelo menos. — Preciso trabalhar amanhã cedo. A gente se vê.

Eu me afasto para ir me despedir de Mason, mas Skye diz:

— Espera, nós vamos com você.

Quando passamos por Mason, aceno e movo os lábios para falar "tchau". Mas Skye avisa em voz alta:

— Vamos acompanhar a Caymen até a casa dela.

Ele faz um gesto me pedindo para esperar e se despede da garota na frente dele com um educado aceno de cabeça, encerrando a conversa. Mason deixa o copo de água gelada sobre o balcão e se aproxima de mim.

— Eu também vou.

Henry e Skye andam na nossa frente e conversam em voz baixa. Mason apoia um braço sobre meus ombros. Estou aprendendo rapidamente que ele tem o hábito de tocar as pessoas. Percorremos um quarteirão em silêncio.

— Não sabia que você tinha que ir embora tão cedo — ele diz finalmente.

— É, amanhã eu acordo cedo para trabalhar.

— Vamos tocar de novo na semana que vem.

Não sei se ele está me convidando ou só comentando, por isso me limito a assentir.

— Obrigada — digo quando chegamos à loja e eu pego a chave no bolso.

Ele se inclina para mim e, como nem passou pela minha cabeça que Mason tentaria me beijar, por mais que ele se sinta à vontade para me tocar mesmo diante de testemunhas, não recuo com a rapidez necessária e sou pega de surpresa pelos lábios dele nos meus. Lábios surpreendentemente macios.

— Ah, hum... Uau — digo ao recuar.

Ele não recua, e seus olhos mergulham nos meus.

— Valeu por ter ido.

A voz rouca faz meu coração bater mais depressa, e novamente me surpreendo com a reação que ele provoca em mim.

— Tudo bem, a gente se vê.

Skye sorri para mim, como se testemunhasse uma ocorrência incrível. Eu só quero desaparecer.

A loja só abre às nove, mas, como um relógio, meus olhos se abrem às seis da manhã de sábado. Tento voltar a dormir, mas meu corpo não quer, e fico olhando para o teto e pensando na noite anterior. O que aconteceu? Mason queria me beijar? Eu me virei quando ele estava indo me abraçar ou beijar meu rosto? Meu cérebro sente necessidade de desconstruir e reconstruir a noite de um jeito que faça sentido.

E encontra duas possibilidades lógicas. Primeira: foi um acidente, e Mason foi gentil demais para se explicar. Ou, segunda: ele é realmente carinhoso e beija todo mundo. Agora que tenho explicações razoáveis, eu me sinto bem melhor. Só espero não encontrar Mason novamente por um tempo.

Depois de uma hora tentando voltar a dormir, desisto, saio da cama e vou tomar banho antes de minha mãe entrar no banheiro. Visto jeans e camiseta e calço os chinelos pretos fofinhos. Com o cabelo molhado, vou buscar a lista de encomendas que deixei na loja no dia anterior para poder atualizar os dados no computador.

Comparo mais uma vez os itens com a lista que minha mãe fez. Ainda temos uma hora antes de abrir, tempo de sobra para eu terminar de me arrumar, então guardo a lista no bolso e decido subir para ligar o computador. Antes de pisar no primeiro degrau da escada, ouço as batidas na porta da frente. Imediatamente levo a mão ao cabelo molhado e penso que pode ser Mason. Esse cenário não se encaixa em nenhuma das duas explicações que meu cérebro produziu. Astros do rock supercarinhosos não batem à porta na manhã seguinte. Como ainda não abrimos a loja, as persianas estão fechadas sobre as janelas. Não preciso atender.

Um segundo depois, o telefone toca.

Mason não tem o número do telefone da loja, tem? A Skye deu o número para ele? Atendo antes que minha mãe tenha tempo de pegar o fone lá em cima.

— Alô, Dolls and More.

— Uma semana atrás, alguém me avisou para não comer os muffins de mirtilo da Eddie's, mas eu não dei atenção ao conselho. Agora tenho essa vontade desesperadora nas horas mais absurdas.

Sinto um alívio tão grande por saber quem é que deixo escapar um misto de risada e suspiro, depois pigarreio tentando disfarçar.

— Eles são preparados com substâncias viciantes.

— Agora eu acredito.

Sorrio.

— E aí, vai me deixar entrar? Está frio aqui fora. Eu divido o muffin.

Olho para a porta.

— Acho que esse muffin pode até ter o seu nome na embalagem... Ah, não, desculpa, é o meu nome.

— Eu...

— Você não quer que eu morra de hipotermia, quer?

— Acho que aqui não faz frio suficiente para isso. — Arrasto os chinelos para ir destrancar e abrir a porta para Xander.

— Oi. — A voz dele ecoa no telefone que ainda seguro junto da orelha. Desligo o aparelho.

Fazia tanto tempo que eu havia quase esquecido como ele é bonito... e rico. E essa aura de beleza e riqueza o cerca com o ar frio quando ele entra na loja. Tranco a porta outra vez e olho para Xander. Ele segura um saquinho de papel pardo com o logotipo da Eddie's e dois copos térmicos com tampa.

— Chocolate quente. — Levanta o copo na mão direita. — Ou café. — Repete o gesto com o copo da mão esquerda. — Bebi um gole de cada um, tanto faz para mim.

44

Legal. Talvez a riqueza seja uma doença contagiosa. Aponto para a sua mão direita.

— Chocolate quente.

— Achei mesmo que você seria uma garota que gosta de chocolate quente.

Pego o copo e tento ignorar minha mão trêmula. Reconhecer o tremor me obrigaria a admitir que a visita surpresa de Xander me abalou.

Meus olhos o examinam da cabeça aos pés. É irritante constatar que logo cedo ele pode parecer tão... acordado. Se eu o visse no meio da noite com o cabelo despenteado e os olhos inchados de sono, ele ainda pareceria perfeito?

— Seu olhar persistente pode deixar um cara inseguro.

— Não é um olhar persistente, só estou... observando.

— Qual é a diferença?

— A intenção de observar é obter dados e formar uma teoria, ou chegar a uma conclusão.

Ele inclina a cabeça.

— E que teoria você formou?

Você está pelo menos um passo afastado da normalidade. O enorme anel preto em seu dedo mínimo bate em uma cadeira de balanço quando ele vira para olhar a loja escura. Levanto as sobrancelhas. *Talvez dois passos.*

— Você é uma pessoa matinal.

Ele abre os braços como se reconhecesse a precisão da minha declaração.

— Eu também fiz uma observação — diz.

— Ah, é?

— Seu cabelo está molhado.

Ah, é verdade.

— Bom, você me pegou de surpresa. Não acordo toda arrumada e perfeita. — Como algumas pessoas.

Vejo a constatação passar pelo rosto dele e espero que Xander a expresse. Ele olha para trás, para a porta.

— Você *mora* aqui?

— Sim, tem um apartamento lá em cima. — Agora estou confusa. — Se você não sabia que eu moro aqui, por que bateu na porta quando a loja ainda estava fechada?

— Porque imaginei que você tinha que chegar cedo para preparar tudo antes de abrir.

— É aí que a observação adequada se torna útil.

Ele ri.

— Você não tem ideia de quantos pesadelos uma loja de bonecas de porcelana pode provocar. Fui assassinada de várias maneiras por bonecas de aparência angelical ao longo dos anos.

— Isso é muito... mórbido.

Dou risada.

— Então, o que você faz por aqui?

— Fui na Eddie's. Não é óbvio? E, como foi você que me apresentou o veneno, achei que seria justo dividir a porção.

— Você gosta de olhar as bonecas, não é? Sente saudade delas quando está longe.

Ele oferece um de seus sorrisos mais relutantes.

— Sim, morro de saudade quando estou longe.

Deixo o telefone sobre o balcão, seguro o copo quente com as duas mãos e começo a andar para a sala de estoque. Ele me segue. Sento no velho sofá e apoio os pés em cima da mesinha de centro.

Ele deixa a embalagem da Eddie's e o copo de café em cima da mesa, perto dos meus pés, tira a jaqueta e senta ao meu lado.

— Então, Caymen...

— Então, Xander...

— Como as ilhas.

— O quê?

— Seu nome. Caymen. Como as ilhas Cayman. É o lugar de que a sua mãe mais gosta ou alguma coisa assim?

— Não, é o terceiro lugar favorito da minha mãe. Tenho um irmão mais velho chamado Paris e uma irmã mais velha chamada Sydney.

— Uau. — Ele abre o saquinho, pega um muffin e me oferece. A superfície do bolinho brilha com o açúcar salpicado. — Sério?

Desembrulho o bolinho com cuidado.

— Não.

— Espera. Você não tem irmãos mais velhos, ou eles não têm esses nomes?

— Sou filha única. — Principalmente porque nasci fora dos laços do matrimônio e não tenho contato com meu pai. Essa declaração o afugentaria? Provavelmente. Então por que eu não falo isso em voz alta?

— Nota mental: Caymen é muito boa em sarcasmo.

— Se você está criando um registro oficial de notas mentais, faça o favor de substituir a palavra "muito" por "excepcionalmente".

Os olhos dele são iluminados por um sorriso que não chega a alcançar os lábios, mas isso sugere que ele me acha divertida. Minha mãe sempre diz que os rapazes fogem do meu sarcasmo.

— Tudo bem, sua vez — ele diz.

— De quê?

— De me fazer uma pergunta.

— Tudo bem... hum... Você sempre força as garotas a te convidarem para entrar?

— Nunca. Elas sempre me convidam espontaneamente.

— É claro.

Ele se recosta no sofá e dá uma mordida no muffin.

— Me conta, srta. Observadora: qual foi a primeira impressão que você teve de mim?

— Quando você veio à loja?

— Sim.

Essa é fácil.

— Arrogante.

— Sério? Por quê?

Ele está surpreso?

— Achei que era a minha vez de perguntar.

— Quê?

— Não é assim que funciona? Cada um faz uma pergunta?

Ele olha para mim com cara de expectativa. Percebo que não tenho uma pergunta. Ou tenho muitas, talvez. Como: Por que ele está aqui, de verdade? Quando ele vai perceber que eu não faço parte de seu círculo? Por que ele se interessou por mim? Se é que isso é interesse...

— Posso ir terminar de me arrumar?

9

— Não. Agora é a minha vez. Por que você achou que eu era arrogante?

Olho para o vinco na manga de sua camiseta, indicação clara de que foi passada. Quem passa camisetas?

— Você me chamou com um gesto — respondo, lembrando aquele primeiro dia.

Seus olhos castanhos procuram os meus. Até mesmo os reflexos dourados em suas íris lembram riqueza.

— Eu o quê?

— Fique aqui que eu vou te imitar. — Levanto e vou para o outro lado da sala de estoque, fingindo entrar segurando o celular junto da orelha. Dou alguns passos, paro e olho para a parede, levanto uma das mãos e o chamo com um movimento de dois dedos. Espero que ele ria, mas o que vejo é uma expressão mortificada. — Talvez eu tenha exagerado um pouco — falo, embora não seja verdade.

— Foi assim que você me viu?

Pigarreio e volto para o sofá andando devagar.

— E aí, você é o jogador de futebol ou o gênio da matemática?

— Como é que é?

— Sua avó adora conversar. Qual dos netos você é?

— O que não fez muita coisa.

Empurro o pé da mesa com o chinelo.

— Você sabe com quem está falando?

— Sei. Com a Caymen.

Reviro os olhos.

— Estou dizendo que sou a rainha do não ter feito nada, o que significa que você já fez mais do que eu.

— O que você não fez e quer fazer?

Dou de ombros.

— Não sei. Tento não pensar muito nisso. Estou satisfeita com a vida que tenho. Acho que a infelicidade é resultado de expectativas frustradas.

— O que significa que quanto menos você espera da vida...

— Não. Não é bem assim. Só tento ser feliz e não querer mais do que posso. — Bom, pelo menos nesse objetivo eu estou melhorando. E ter gente como ele por perto só serve como um lembrete de tudo que não tenho.

Ele termina de comer o muffin e joga o papel dentro do saquinho.

— E funciona? Você é feliz?

— Na maior parte do tempo, sim.

Ele levanta o copo térmico para um brinde.

— E isso é tudo que importa, certo?

Assinto e apoio o pé em cima da mesinha. O papel com as encomendas faz barulho no meu bolso quando mudo de posição. Pego a folha dobrada.

— Tenho que ir. Preciso resolver algumas coisas antes de abrir a loja.

— Certo. É claro, eu também tenho que ir. — Xander hesita por um momento, como se quisesse falar mais alguma coisa.

Levanto, e ele também fica em pé e pega a jaqueta. Eu o acompanho até a porta da frente, que destranco.

Quando ele sai, percebo que nosso jogo de perguntas e respostas revelou bem pouco. Não sei quantos anos ele tem, onde estuda ou o que gosta de fazer. Evitamos essas perguntas de propósito? Fizemos perguntas ridículas e sem significado porque no fundo não queremos conhecer o outro de verdade?

Ele aperta um botão no chaveiro, e o carro prateado na frente da loja apita. Só o carro já responde todas as perguntas que eu poderia fazer sobre ele. Não preciso de mais nada. Xander abre a porta, sorri para mim daquele jeito, e eu pergunto:

— Está no último ano?

Ele faz que sim com a cabeça.

— E você?

— Também. — Levanto o copo. — Obrigada pelo café da manhã.

— De nada.

Fecho a porta e me apoio nela. Por quê?

Demoro alguns minutos para me afastar da porta e subir a escada. Minha mãe está no banheiro, e eu puxo a cadeira para perto do velho computador e começo a digitar as encomendas para fazer o pedido on-line.

— O telefone tocou? — Minha mãe aparece na sala enxugando o cabelo com uma toalha.

— Sim, eu atendi.

— Quem era?

— Só alguém perguntando a que horas abrimos.

E essa foi a primeira vez na vida que menti para minha mãe. Contamos tudo uma à outra. Estou surpresa. Eu deveria ter dito: "Era aquele garoto, o Xander — sim, ele usa Xander de propósito —, que usa joias e camiseta passada". Teria sido engraçado. Minha mãe teria tentado fingir que estava ultrajada. Poderíamos falar sobre como ele provavelmente corta o cabelo duas vezes por mês. Ela teria me dado um sermão do tipo "é melhor a gente não conviver com pessoas assim". Eu teria concordado. Eu concordo.

Então por que não fiz isso?

— Pode terminar as encomendas, mãe? Meu cabelo vai ficar horrível se eu não usar o secador.

— Sim, é claro.

— Obrigada.

Eu me tranco no banheiro e cubro os olhos com as mãos. Por que não fiz isso?

Lealdade.

Eu não queria que minha mãe tivesse algo contra ele. De algum jeito, o garoto conseguiu sair da caixa cheia de pessoas que eu já havia etiquetado como "inacessíveis" com uma caneta permanente e se diferenciou. E agora, para minha irritação, sinto algum tipo de lealdade por Xander Spence.

Tenho que mudar isso imediatamente.

Manhã de segunda-feira, eu me despeço de minha mãe e abro a porta da loja. Quando saio para ir ao colégio, percebo um carro esportivo estacionado alguns metros à frente, um carro bem parecido com o de Xander. Eu me inclino para olhar dentro dele e, quando levanto, Xander está do outro lado. Dou um pulinho com o susto. Ele me dá um copo de chocolate quente e bebe um gole de outro copo.

Olho para o meu: mesmo logotipo do dia anterior.

— Só vou beber se você der um gole antes — aviso, recusando-me a perguntar o que ele está fazendo ali. Isso poderia revelar que me importo.

Ele pega o copo da minha mão, dá um gole e devolve.

Fico tão surpresa por ele seguir minha sugestão sarcástica que não consigo conter a risada.

— Acho que tem uma reunião de viciados em muffin toda quinta-feira à noite no Luigi's. Se não resolver, ouvi dizer que existe um comprimido.

— Acho que não quero superar o vício — ele responde.

Olho para ele de lado. Ainda estamos falando dos muffins, não estamos?

— Sinto muito.

— De quem é a vez de fazer a pergunta?

— Minha — eu falo, embora nem lembre. Mas prefiro perguntar a responder.

— Tudo bem, manda.

— Você tem irmãos? — Sei que ele não tem irmãs, porque a avó falou que só tem uma neta, e ele já me disse que a garota é sua prima.

— Tenho dois irmãos mais velhos. O Samuel, de vinte e três anos, acabou de se formar em direito.

— Qual faculdade?

— Harvard.

É claro.

— Meu outro irmão, o Lucas, tem vinte e está na faculdade.

— Os nomes são bem comuns.

— Comuns?

— Não tem nenhum Chet, Wellington, nada disso.

Ele levanta uma sobrancelha.

— Você conhece algum Wellington?

— É claro que não, mas você conhece, provavelmente.

— Não.

— Hum.

— Minha vez.

Sorrio, mas estou nervosa. Queria poder controlar todas as perguntas. Assim poderia evitar as que não quero responder.

— Você está usando lentes de contato?

— Quê? Essa é a pergunta?

— Sim.

— Não estou. Por quê?

— Nunca vi olhos tão verdes. Pensei que fosse lente colorida.

Viro a cabeça para esconder o sorriso e, mentalmente, xingo Xander por me fazer sentir especial.

— E você?

— É claro que não. Você acha que eu teria olhos castanhos de propósito? Que coisa sem graça.

— Os reflexos dourados criam a impressão de que eles são cor de âmbar. — Quero me chutar por ter admitido que notei, principalmente quando vejo seu sorriso se alargar. — Bom, eu fico aqui — aviso, apontando o colégio à minha direita. O prédio foi construído há setenta e cinco anos e, embora a arquitetura seja bonita e rara nos dias de hoje, algumas melhorias seriam bem-vindas.

Ele olha para o colégio. É desconfortável tentar antecipar o que ele pensa do que vê. E pior ainda é tentar entender por que me importo com o que ele pensa. Provavelmente, Xander frequenta uma das duas escolas particulares na cidade. Sim, tem muita gente rica por aqui, o suficiente para justificar a existência de dois colégios particulares em uma pequena cidade litorânea.

Ele olha para mim.

— Até mais tarde — diz.

— Até mais tarde, tipo, você vai estar aqui ao meio-dia para me acompanhar até em casa? Porque não sei se aguento te encontrar duas vezes no mesmo dia.

Ele suspira.

— E minha avó te acha doce. — Xander franze a testa. — Você sai do colégio ao meio-dia?

— Não é o horário de todo mundo, mas eu saio.

— Por quê?

— Hum... — Aponto a loja. — Horário de quem trabalha.

Ele arregala os olhos.

— Você perde metade do dia de aula para trabalhar na loja?

— Não tem nada de mais... A ideia foi minha... e eu não me incomodo de ajudar. — Sei que estou gaguejando porque, no fundo, isso me incomoda muito, então encerro a lista de justificativas e digo apenas: — Tenho que ir.

— Tudo bem. Tchau, Caymen. — Ele vira e caminha em direção ao carro sem nem olhar para trás.

— Caymen — o sr. Brown chama quando entro na aula de ciências alguns minutos atrasada.

— Desculpa, me enrosquei em um arbusto com espinhos e tive que parar para me soltar. — Tem um fundo de verdade nisso.

— Suas desculpas são as mais criativas, mas não foi por isso que chamei você.

O restante da turma já começou o experimento no laboratório, e quero adiantar meu projeto. Parece que há substâncias químicas de verdade envolvidas na tarefa.

O sr. Brown deve ter notado meu olhar, porque diz:

— Não vai demorar mais que um minuto.

Relutante, me aproximo da mesa dele.

O professor empurra alguns papéis em minha direção.

— São os formulários da faculdade de que falei. É uma escola especializada em matemática e ciências.

Pego os papéis.

— Ah, sim, obrigada. — Aprendi no começo do ano que é melhor fingir concordar com os professores sobre essa questão de faculdade do que tentar explicar a eles que não tenho planos nesse sentido por um tempo. Guardo os papéis na mochila e saio em direção à minha estação na bancada. No começo do ano, a turma tinha um número ímpar de alunos. O professor pediu um voluntário para trabalhar sozinho. Eu me ofereci. Prefiro trabalhar sozinha no laboratório, assim ninguém pode me atrapalhar. É muito mais fácil não precisar depender de ninguém.

Na manhã seguinte, Xander está esperando na porta da loja outra vez, apoiado casualmente no poste de luz, como se houvéssemos passado a vida inteira indo para a escola juntos. Ele experimenta um gole do meu chocolate quente, depois me entrega o copo e começamos a andar.

Tomo um gole. A bebida quente escalda minha garganta. Isso não vai dar certo. Ele precisa desaparecer para eu poder voltar à minha vida normal e debochar de gente como ele. Para eu poder parar de aguardar ansiosamente cada manhã.

— Muito bem, sr. Spence, seu irmão mais velho é advogado. O segundo irmão estuda em uma faculdade cara. E você, o que vai fazer?

— Eu sou como você.

— Em que universo?

Ele ri como se a pergunta fosse uma piada.

— A expectativa é que eu assuma os negócios da família.

— E por que você acha que esperam o mesmo de mim?

— Você trabalha na loja, mora lá, ajuda a cuidar de tudo... Tenho certeza de que sua mãe espera que você a substitua em algum momento.

Eu havia me conformado com isso fazia muito tempo, mas ouvir alguém reconhecer o fato provoca uma reação imediata.

— Não vou cuidar da loja de bonecas para sempre.

— Nesse caso, é melhor começar a dar sinais diferentes. Você precisa se posicionar.

— É complicado. — Não posso simplesmente ir embora, fazer outra coisa. Minha mãe conta comigo.

— Eu entendo.

Foi minha vez de rir. Ele não tem como entender nada da minha situação. É mais que evidente que, se ele decidir abandonar os negócios da família, sejam eles quais forem, ninguém vai falir. As contas ainda serão pagas. Xander tem um futuro de possibilidades ilimitadas.

— O que você vai fazer, então? — ele pergunta.

— Ainda não sei. Gosto de ciências, eu acho, mas o que vou fazer com isso? — Para conseguir essa resposta, eu teria que ter crescido acreditando que poderia escolher. — Por que você, afinal?

— Por que eu?

— É, por que esperam que você cuide dos negócios? Por que não os seus irmãos?

— Porque eu não fiz nada. Não declarei o meu ponto forte. Meu pai aproveitou e fez essa declaração por mim. Ele diz que sou bom em muitas áreas, e isso deve significar que eu tenho que ser a cara da empresa. Então eles me mandaram para o mundo.

— Qual é o ramo de negócios da sua família?

Ele inclina a cabeça, como se tentasse decidir se a pergunta é séria.

— The Road's End.

— Vocês são donos do hotel?

— Mais ou menos isso.

— Como assim, mais ou menos? Ou são, ou não são.

— São quinhentos hotéis.

— Ah.

— No total.

— Ah! — Entendi. — Vocês são donos de todos eles... — Caramba. O cara não é só rico. Ele é RICO. Meu corpo inteiro fica tenso.

— Sim. Estou sendo preparado para assumir a rede um dia. Como você.

Como eu.

— Praticamente almas gêmeas. — Estamos na frente do meu colégio. Foi por isso que ele se aproximou de mim? Quero explicar que ele está enganado, que essa conexão que imagina existir entre nós é ilusão, que não há nenhuma semelhança entre a minha situação e a dele. Mas não consigo falar, e não sei se é porque quero preservar os sentimentos dele ou os meus. — A gente se vê... — Dessa vez sou eu que me afasto sem olhar para trás.

𝒫𝑒𝑙𝑎 𝑝𝑟𝑖𝑚𝑒𝑖𝑟𝑎 𝑣𝑒𝑧 𝑑𝑒𝑠𝑑𝑒 𝑞𝑢𝑒 𝑐𝑜𝑛𝑠𝑖𝑔𝑜 𝑙𝑒𝑚𝑏𝑟𝑎𝑟, 𝑡𝑒𝑚𝑜𝑠 𝑑𝑢𝑎𝑠 clientes na loja. Duas possíveis compradoras que não estão juntas e precisam de ajuda.

Não sou muito boa com crianças, talvez por isso tenha sido banida para a área de "pintura dos olhos" durante as festas. Assim, sem esperar minha colaboração, minha mãe vai atender a mãe com a garotinha, enquanto eu me aproximo da mulher de meia-idade.

— Oi. Posso ajudar?

— Sim. Estive aqui há alguns meses... mais de seis, provavelmente, não lembro bem, e vi uma boneca.

Ela não continua falando, então eu digo:

— Vou ter que resolver esse problema. A gente não gosta de bonecas entrando na loja.

A mulher ri sem muito entusiasmo. Acho que é uma risada nervosa.

— Sei que tenho que ser mais específica. — Ela se aproxima da parede dos fundos olhando cada boneca na prateleira.

Eu a acompanho.

— Se puder descrever a boneca, talvez eu consiga fazer uma lista de suspeitos.

— Cabelo escuro e encaracolado, covinha na bochecha esquerda.

A mulher está se descrevendo. Muitas pessoas se apaixonam por bonecas com quem se parecem. Olho para a cliente com um pouco mais de atenção e tento pensar em bonecas que podem ser parecidas com ela.

— Tina — anuncio finalmente. — A boneca estava sentada?

— Sim. — A mulher sorri, animada. — Sim, acho que o nome dela era Tina.

— Deve estar por aqui. Vou dar uma olhada. — Vou até o canto da loja onde vi a Tina pela última vez, mas ela não está lá. — Vou ver se está lá nos fundos. — Quase sempre encomendamos novamente as bonecas mais vendidas.

A parede lateral da sala de estoque é coberta de prateleiras, e nelas ficam as caixas contendo as bonecas, individualmente guardadas. Na base de cada caixa aparece o nome da boneca dentro dela. É como nossa cripta particular de bonecas de porcelana. Mais ou menos na metade da prateleira, encontro a caixa com o nome Tina. Levo a escada até lá e puxo a caixa, que parece leve demais.

No chão, depois de remover o enchimento que protege a porcelana, descubro por quê. Não tem nenhuma boneca dentro na caixa. Estranho. Fico confusa por um momento, sem saber o que fazer, depois volto para a frente da loja e interrompo o que minha mãe está dizendo.

— Com licença. Mãe, posso falar com você um instante?

Ela levanta um dedo me pedindo para esperar, termina o que está falando para a cliente e me segue até o caixa.

— Que foi?

— Fui pegar a Tina na caixa no depósito, mas parece que ela foi abduzida.

— Ah, sim, eu vendi. Desculpa, acho que esqueci de deixar a plaquinha na gaveta.

— Ah, tudo bem. Só achei estranho. Vou dizer à cliente que ela pode encomendar a boneca. — Começo a me afastar.

— Caymen.

— Sim?

— Tenta vender o que temos no estoque, antes de encomendar outra boneca.

Assinto. É claro. Faz mais sentido do que tudo que aconteceu nos últimos cinco minutos. Minha mãe quer vender o estoque antes de fazer novas encomendas. É uma boa ideia para tentarmos sair do buraco.

60

Na verdade, fico menos aflita por saber que ela tem um plano para resolver a questão daquele número anotado em vermelho no livro.

— Desculpe — digo à cliente. — A Tina encontrou um novo lar, mas temos outras bonecas muito parecidas com ela. Sei que você vai gostar de alguma coisa. Quer ver a minha favorita? — Favorita é um termo relativo, considerando que para mim a boneca é só a menos perturbadora.

A mulher não está convencida. Depois que mostro cinco bonecas muito parecidas com Tina, ela começa a ficar irritada. A voz treme, o rosto fica mais corado.

— Eu quero a Tina mesmo. Posso encomendar? Vocês têm um catálogo?

Minha mãe, que havia acabado de se despedir da outra cliente, se aproxima.

— Posso ajudar?

— Estou procurando uma boneca que vi na loja, mas ela foi vendida.

— Tina — explico.

— A Caymen já mostrou outras bonecas?

— Sim, mas não me interessei por nenhuma.

— Tem alguma coisa na Tina que a torna tão especial?

— Sim. Meu pai me deu uma boneca quando eu era pequena. Ela foi doada quando entrei na adolescência, e depois disso eu perdi o meu pai. Quando vi a Tina há alguns meses, fiquei impressionada com a semelhança entre ela e a minha antiga boneca. Naquele dia fui embora sem comprá-la, mas não consegui tirar a boneca da cabeça. — Algumas lágrimas escapam de seus olhos, e ela as enxuga depressa.

Desvio o olhar meio constrangida. Ou mais que isso. Talvez eu inveje alguém que tenha vivido um relacionamento tão próximo com o pai que, mesmo depois da separação, ainda se emocione ao se lembrar dele. Quando penso em meu pai, a única coisa que sinto é um vazio.

Minha mãe toca o braço da cliente e diz:

— Eu entendo.

Mas ela entende mesmo? Minha mãe foi deserdada pelo pai. É nisso que ela pensa enquanto conforta essa senhora? Ela pensa muito nisso? Ou, como eu, tenta banir as lembranças para o fundo da mente e torcer para que nunca escapem de lá, especialmente na frente de outras pessoas?

Minha mãe continua:

— Sinto muito por sua perda. Às vezes, um pequeno detalhe traz de volta aquela pessoa especial. — Ela acena para mim. — A Caymen talvez não tenha pensado nisso, mas podemos encomendar a boneca, quem sabe até com um preço especial.

Entendi. Agora sou o bode expiatório. Mas eu lido bem com isso, não me importo de ser responsabilizada. O que me preocupa é ver minha mãe ignorando nossos problemas financeiros mais uma vez. A loja já teria fechado se eu não a impedisse de dar descontos exagerados a todos os clientes e deixar as crianças pegarem várias roupas nas festas de aniversário?

— Certamente — eu digo. — Vou mostrar o catálogo, assim podemos confirmar que estamos falando da mesma boneca. — Ela me acompanha. — A encomenda é feita mediante pagamento adiantado. — A última coisa de que precisamos é encomendar uma boneca que não será retirada.

Assim que a mulher vai embora, minha mãe se aproxima de mim.

— Caymen.

— Hum?

— Não acredito que você passou meia hora com a cliente sem tentar entender por que a boneca é tão especial para ela. Nós lidamos com pessoas, Caymen, nos importamos com elas. Vivi cercada de gente que nem ligava para os outros, não vou criar uma filha que não se importa com as necessidades das pessoas, mesmo que essas pessoas sejam desconhecidas.

O sentimento nada velado de amargura com relação à atitude do meu pai não passa despercebido, mas a generalização me incomoda. Não é possível que o dinheiro não tenha nada a ver com as atitudes do pequeno grupo de ricos com o qual ela conviveu?

— Você disse para eu tentar vender o que temos no estoque.

— Não à custa dos sentimentos daquela mulher.

— Sentimentos não custam nada. Bonecas custam.

Ela sorri para mim e passa a mão no meu rosto.

— Sentimentos, minha querida, são a coisa mais valiosa do universo. Um dia você vai aprender.

E é esse tipo de atitude que vai levar a loja à ruína financeira.

Mais tarde, quando estou no meu quarto, a frase de minha mãe ecoa em minha mente. *Sentimentos são a coisa mais valiosa do universo.* O que isso significa? Bom, entendo o que significa, mas o que significa para ela? Estava falando sobre o meu pai? Sobre ela mesma?

Pego um caderno de anotações que intitulei *Doador de órgão* na última prateleira do meu armário, abro-o em uma página vazia e escrevo a frase que minha mãe disse. É ali que guardo todas as informações que tenho do meu pai. Sei muita coisa: o nome, onde mora, sei até como ele é fisicamente. Procurei na internet, só por curiosidade. Ele trabalha para um grande escritório de advocacia em Nova York. Mas saber *sobre* uma pessoa não é a mesma coisa que conhecer essa pessoa. Nesse caderno, anoto todas as coisas que minha mãe já disse sobre meu pai. Não é muito. Ela o conheceu quando era jovem. Foi um relacionamento breve que acabou depressa. Sempre me pergunto se ela o conheceu de verdade. Minha mãe raramente conseguia responder às perguntas que eu fazia, então parei de perguntar. Mas de vez em quando ela fala vagamente de coisas que quero lembrar. Coisas que podem me ajudar a descobrir a respeito... dele? De mim?

Pensar nisso é o suficiente para me deixar irritada. Como se fosse necessário, para mim, reconhecê-lo como uma pessoa íntegra. Ele foi embora, abandonou a minha mãe. Como eu poderia querer ter alguma coisa parecida com ele? Mas sou prática, racional e, se um dia precisar encontrá-lo, vai ser bom saber o máximo possível. Fecho o caderno e sublinho o título mais uma vez. Nunca se sabe se a gente vai precisar de um rim ou coisa do tipo algum dia. Só por isso mantenho esse caderno. Essa é a única razão.

Na manhã seguinte, minha disposição não mudou muito. Pensar no meu pai sempre me deixa de mau humor. E descobrir a caixa vazia no estoque me fez perceber que a situação da loja é pior do que eu pensava. Eu tinha esperança de que sempre houvéssemos operado no vermelho. Agora sei que não. Mas o fato de minha mãe ter encomendado aquela boneca para a cliente e revendido A PREÇO DE CUSTO me fez perceber outra coisa: minha mãe não tem tino comercial suficiente para nos tirar desse enrosco financeiro. Vamos ficar sem ter onde morar? Sinto o peso da situação sobre meus ombros e não sei o que fazer.

Pego a mochila e saio da loja. O ar hoje é mais frio, e sinto o impacto no rosto assim que piso na calçada. Na metade do quarteirão, Xander aparece ao meu lado e me dá o copo do qual ele já bebeu um gole. Saboreio a bebida, que aquece minha boca e a garganta. Não acredito que estamos caminhando juntos a semana inteira. Bebo mais um gole e escondo o sorriso no copo.

— Tudo bem?

Olho para ele e percebo que Xander está me encarando com um ar crítico.

— Oi? Sim, tudo bem.

— Normalmente você tem um comentário sarcástico quando me encontra.

Ele já me conhece tão bem assim?

— Sou sua dose diária de maus-tratos?

— Mais ou menos isso. — Ele tosse baixinho. — Vamos lá, quero propor um novo jogo. Um desafio. Pode ser?

— Estou ouvindo.

— Você não sabe o que quer fazer da vida. Eu também não sei o que quero fazer da minha. Mas nós dois sabemos que não queremos saber de bonecas e hotéis.

— Parece horrível, mas continuo ouvindo.

— Então vou descobrir o seu destino, e você pode descobrir o meu.

— Como é que é?

— Vou tentar descobrir o que você gosta de fazer.

— Como?

— Experimentando coisas diferentes, é claro. Um dia da profissão, se você topar. Eu posso marcar o primeiro. Amanhã, à uma da tarde. Esteja pronta.

— Amanhã é sábado. Você não tem uma partida de tênis para ver, ou alguma coisa do tipo?

— Ah, não, eu odeio tênis.

Olho em volta.

— Melhor falar baixo quando diz essas coisas. Você não vai querer ser expulso do clube.

— Você está tentando evitar o primeiro dia da profissão?

— Eu trabalho aos sábados.

— Hora de começar a enviar sinais diferentes.

Imagino nossa agenda mensal em cima do balcão. Lembro-me de tê-la organizado no começo do mês com minha mãe, como sempre fazemos.

— Tem festa marcada. Não posso deixar minha mãe sozinha. — Mas depois da festa, talvez...

Ele não fala nada, só levanta uma sobrancelha. A pressão da responsabilidade sobre meus ombros se intensifica e a raiva cresce. Por que tenho que cuidar da loja da minha mãe? Por que não posso fazer escolhas em relação ao meu futuro?

— Tudo bem, te espero à uma hora.

O sábado chega, e ainda não falei para minha mãe que vou sair. A breve explosão de raiva se transformou em culpa. Minha mãe está estressada e a loja está falindo. Não é uma boa hora para eu me rebelar. Mas vai haver uma boa hora? Uma tarde não vai representar a ruína da loja. Espero que não, pelo menos.

A agenda confirma que vai haver uma festa das dez ao meio-dia. Perfeito, posso ajudar e terminar tudo a tempo de sair com Xander. Sair com Xander. É isso que vamos fazer? Tento não sorrir, mas meu rosto não consegue reagir de outro jeito ao pensamento. Lembro a meu rosto que Xander só propôs um dia da profissão, e isso parece ajudar.

Minha mãe está na sala dos fundos preparando a festa, e eu estou cuidando da loja. Sei que preciso falar com ela, mas estou procrastinando. A culpa me corrói. Não tem ninguém na loja, então atravesso o pequeno corredor e encontro minha mãe arrumando as bonequinhas em cima da mesa.

Ela vira para pegar mais bonecas e me vê.

— Oi. — E olha por cima do ombro. — Precisa de mim?

— Não, só vim ver se você precisa de ajuda. — *Você é uma covarde, Caymen!*

— Não, tudo bem por aqui. Já preparou as tintas para os olhos?

— Sim.

— Acho que está tudo pronto, então.

— Legal. — Volto para a frente da loja, mas me obrigo a tentar de novo. Minha mãe continua arrumando as bonecas, e descubro que é mais fácil falar enquanto ela está de costas. — Hum... eu vou sair com um amigo à uma hora, se não tiver problema.

Ela endireita as costas e vira para olhar para mim enquanto limpa as mãos. Durante dezessete anos, sempre esperei a loja fechar para fazer qualquer coisa. Organizei minha vida em função do horário da loja. Tudo para evitar o que eu imaginava que seria um olhar de desapontamento, se eu pedisse para me ausentar. O que vejo me faz sentir uma culpa ainda maior: exaustão. Está lá, na ruga entre os olhos, na curva do queixo. Mas não na voz que responde:

— Claro, Caymen. Divirta-se. Vai sair com a Skye? Aonde vocês vão?

— Não é a Skye. É... só um amigo do colégio. — Não estou preparada para explicar por que decidi contrariar tudo que ela defende e tudo com que sempre concordei para sair com o Rei Rico em pessoa. Ela não precisa de mais estresse nesse momento da vida. Para que complicar a situação, se em algumas semanas Xander vai se cansar de ver como vive o outro lado? Ele vai enjoar de mim e seguir em frente, procurando sua próxima dose de animação.

Minha mãe volta ao trabalho.

— Uma hora.

Quando as dez menininhas entram na loja, eu as levo para a sala dos fundos e nem volto a ver minha mãe, até ela começar a trazer as bonecas e informar de que cor devo pintar cada par de olhos. Concentro toda minha energia em pintar dentro do contorno dos olhos das bonecas, adicionando verde e preto. Alguém pediu olhos castanhos, e eu pinto com tinta marrom. Depois espremo o tubo de tinta dourada na bandeja de plástico e pego o pincel menor. Muito concentrada, faço minúsculos respingos dourados no marrom.

A sineta da porta toca e eu me assusto, deixando um risco dourado na pupila preta.

— Droga — resmungo.

— Estou adiantado — Xander explica quando levanto a cabeça, sem esconder a surpresa.

O relógio do caixa marca meio-dia e meia. A festa devia ter acabado meia hora atrás. Não percebi que era tão tarde. Se tivesse notado, já teria ido até lá apressar o encerramento, como tive que fazer muitas vezes.

Ele se aproxima e passa um dedo no meu rosto.

— Tem alguma coisa aqui. Tinta, talvez?

— Ah, é. — Limpo a face.

— Ainda tem.

Ele se aproxima mais, e percebo que ainda seguro o pincel com a tinta dourada, e a boneca com os olhos pintados ainda está na minha frente em cima do balcão.

— Você pode olhar a loja por um minuto? — Pulo da banqueta, pego a boneca e corro para os fundos sem esperar uma resposta. — Mãe, você ultrapassou o horário.

— O quê? Sério? — Ela bate palmas. — Hora de terminar, meninas. — E olha para mim por cima do ombro com um misto de "desculpa" e "você me conhece". Conheço, e isso me faz rir. — Terminou aí?

Minha mãe pega o aquecedor elétrico para secar a tinta dos olhos.

Olho para a boneca em minhas mãos.

— Sim. Ah, espera. Borrei um pouquinho.

Ela analisa os olhos da boneca.

— Ficou lindo. — O risco na pupila parece proposital, como um brilho intenso. — Acho que você devia deixar assim.

— Tudo bem. — Entrego a boneca. — Meu amigo chegou. — Ela olha em volta. — Não vou sair antes de as meninas irem embora, mas deixa para arrumar tudo quando eu voltar. Eu ajudo.

— Combinado.

Volto para a frente da loja e ouço minha mãe dizer:

— Vamos vestir as bonecas.

Xander está olhando para um cartão quando vou me sentar na banqueta do balcão.

— Não tem nenhuma mensagem secreta aí — aviso.

Ele devolve o cartão no lugar.

— Você não tem celular.

— Descobriu olhando o cartão? — Limpo os tubos de tinta, fecho um por um e embrulho os pincéis em papel toalha para lavá-los depois. Olho para trás esperando ver minha mãe sair da sala. Estou tentando pensar em um jeito de pedir a Xander para sair da loja sem deixar o motivo disso evidente.

— Você nunca está com um na mão. Não tem volume no bolso de trás da calça, e não me deu o número.

— Cada vez mais observador. Mas acho que o último tópico não serve para comprovar a sua teoria. — Guardo as tintas na caixa de plástico. — Já volto. Por que não me espera no carro?

Ele não se mexe.

— Não vou demorar. Já te encontro lá.

— Tudo bem.

Espero Xander caminhar em direção à porta, depois levo os pincéis para a pia da sala de festas, onde os lavo com água e sabão e deixo em um pote para secar. As meninas estão pegando as coisas delas e comparando as bonecas. Corro na frente do grupo e, quando passo pelo corredor, vejo que Xander continua no mesmo lugar. Paro de repente, e as crianças passam por mim. Ele sorri quando as meninas passam perto de suas pernas. Dou meia-volta e desvio de algumas garotinhas, bloqueando o campo de visão da minha mãe.

— Que foi? — ela pergunta.

— Acho que uma das meninas esqueceu a jaqueta na sala.

— Ah, eu vou pegar.

Uma das menininhas para ao lado de Xander.

— Você parece o meu Ken — diz, olhando para ele com admiração.

— Pareço?

Ela assente.

— Sabe com quem você é parecida? — Xander abaixa e pega o celular, mas eu paro ao lado dele, seguro seu braço e o puxo para a porta.

— Temos que ir.

— Caymen, eu estava conversando com a garotinha.

— Que está alucinando, evidentemente.

— Muito obrigado.

— Você parece mais o Derek, o moreno, do que o Ken. — Eu o levo até o carro e aviso: — Já volto.

Minha mãe está voltando da sala dos fundos quando entro na loja.

— Não encontrei jaqueta nenhuma.

— Acho que ouvi errado, então. Desculpa.

— Tudo bem. — Ela suspira. — Foi uma festa divertida. A aniversariante não parava de abraçar a boneca.

— Elas se divertiram. — Nervosa, alterno o peso do corpo entre um pé e outro. — Meu amigo está esperando. A gente se vê mais tarde? — Ando apressada para a porta.

— Ei, Picasso!

Paro, pensando que ela viu Xander lá fora e vai me encher de perguntas, e viro lentamente.

— Tem tinta no seu rosto. — Minha mãe lambe o polegar e se aproxima de mim.

— Não se atreva. — Limpo a bochecha.

Ela ri.

— Divirta-se.

— Obrigada, mãe. Não gosto de deixar você sozinha.

— Tudo bem, Caymen.

— Obrigada.

Xander está sentado no carro, mexendo no rádio, quando eu entro. O cheiro de couro novo invade meu olfato. O carro dele tem mais botões e telas do que jamais vi em um carro em toda a minha vida.

Ele desliga o rádio quando eu prendo o cinto de segurança.

— Quer dizer que, se você tivesse celular, não me daria o número?

Demoro um segundo para perceber que ele está retomando nossa conversa anterior.

— Eu não disse isso. Só apontei que esse não era um fator concreto para comprovar a sua teoria.

Ele abaixa o visor na minha frente e abre um espelho.

— Ainda tem tinta no seu rosto. — E desliza um dedo por minha bochecha, traçando a linha colorida. Paro de respirar por um instante quando sinto o dedo prolongar o contato um pouco mais que o necessário.

— Tinta teimosa. — Viro a cabeça para enxergar melhor a mancha azul. Esfrego a área até removê-la completamente.

Xander abre o compartimento acima dos meus joelhos e pega um par de luvas de couro. Quando ele as coloca, não consigo segurar a risada.

— Que foi?

— Você usa luva para dirigir.

— E daí?

— É engraçado.

— Engraçado fofo?

Balanço a cabeça.

— Se você diz...

Xander liga o motor e nós partimos.

— Por que tenho a sensação de que você não queria que eu conhecesse a sua mãe?

Pensei que ele não havia percebido. Mas percebeu.

— Porque eu não queria.

— Bom, isso explica a sensação.

— Ela... Vamos dizer que eu preciso de um tempo antes de apresentar vocês dois. — Cinquenta anos seriam suficientes, acho.

— Tenho certeza de que eu gostaria dela.

Dou risada.

— Ah, gostaria, sim.

Ele para em um cruzamento, e três mulheres vestidas com casacos coloridos atravessam a rua na frente do carro.

— Espera, você está insinuando que ela não gostaria de mim? Nunca conheci uma mulher que não gostasse de mim.

Olho para as mãos enluvadas.

— Tem uma primeira vez para tudo. — Fico observando as lojas do lado de fora por um momento, depois pergunto: — Aonde estamos indo?

— Você vai ver.

Quinze minutos mais tarde, paramos na frente do hotel The Road's End.

— Seu hotel? Tenho certeza de que não quero ser camareira quando crescer — aviso Xander quando ele entra no estacionamento.

— Mesmo que quisesse, acho que não conseguiria. O trabalho é duro.

Ameaço dar uma resposta sarcástica, mas estou surpresa demais com o que ele disse para pensar em alguma coisa. Xander para o carro e desce. Eu o sigo.

— Isso não tem a ver com o hotel. O hotel só serve de cenário.

— Para REDRUM? — Forço uma rouquidão exagerada.

— Quê?

— Não assistiu *O iluminado*?

— Não.

— Jack Nicholson? Pirando lentamente?

— Não.

— Bom, deve ser melhor assim, considerando que a sua família tem uma rede de hotéis. Eu não recomendaria. É um filme de terror que se passa em um hotel. Muito assustador.

— O que redrum tem a ver com a história?

— É murder ao contrário. Assassinato, em inglês. — Termino com a sonoplastia pavorosa. — *Dum dum dum.*

Ele olha para mim como se não acreditasse no que ouve.

— Deve ser aterrorizante.

— É. Você precisa ver o filme. Não quero nem saber se nunca mais vai conseguir entrar em um hotel. Você vai assistir.

Ele joga as chaves do carro para um funcionário que está parado na entrada e abre a porta de acesso. O saguão é lindo. Mobília luxuosa, plantas enormes, ladrilhos brilhantes e... espaço. Mais espaço do que temos no apartamento inteiro. O pessoal da recepção sorri quando entramos.

— Boa tarde, sr. Spence.

Ele responde com um breve aceno de cabeça e me leva pelo corredor tocando a parte inferior das minhas costas. Um arrepio me atravessa. Tem um ascensorista no elevador, e ele usa uma jaqueta azul com grandes botões dourados. O funcionário nos cumprimenta e eu aceno. Ele aperta o botão ao lado do número vinte. O elevador sobe até finalmente parar com um barulho de campainha.

O corredor do lado de fora é largo e leva a uma única porta. Não imagino o que pode haver atrás da porta daquela suíte que tenha alguma relação com descobrir o que quero fazer na vida.

Xander parece animado quando gira a maçaneta e abre a porta. Sou tomada de assalto por muito barulho e caos. Dois homens instalam grandes lâmpadas brancas. Algumas mulheres ajeitam almofadas em um sofá. Um homem anda pelo espaço com uma câmera pendurada no pescoço, analisando diferentes ângulos. De vez em quando, ele pega uma varetinha preta e aperta um botão.

— O que estamos fazendo aqui? — pergunto.

— É uma sessão de fotos. Meu pai quer fotos novas do quarto para divulgar no site, e ele me mandou aqui para supervisionar o trabalho. — Ele se aproxima de uma grande caixa encostada na parede, pega uma câmera de um estojo e acopla uma lente. — Você vai acompanhar o fotógrafo. Vai ser aprendiz dele.

— Ele já sabe que uma garota que não sabe nada de fotografia vai ficar no caminho dele o dia todo?

— Eu avisei. — Xander para na minha frente e pendura a câmera no meu pescoço, depois solta meu cabelo da alça da máquina. Tento não suspirar. Ele tem cheiro de sabonete caro e roupa limpa. — O cara ficou orgulhoso por alguém querer aprender com ele.

— Se você diz...

O celular toca, e ele vira para atender à ligação.

— Como assim, onde eu estou? — A voz dele fica dura, fria. — Sim, estou na sessão de fotos. Você pediu para eu vir... Sim, bom, hoje eu decidi que... Tudo bem... Sim... Não, tenho planos para hoje à noite. Tudo bem. — Ele desliga sem se despedir.

Levanto as sobrancelhas e olho para o telefone.

— Meu pai. — Xander dá de ombros, como se a frieza durante a ligação fosse só encenação.

— Sr. Spence — chama o fotógrafo. — Se estiver pronto, podemos começar.

— Vou trocar de roupa, só um minuto.

Trocar de roupa?

Enquanto ele se ausenta, o fotógrafo me chama e mostra algumas funções básicas da câmera, explicando como e quando devo fotografar. Xander volta vestindo um terno incrível. Um terno, combinado com o corte de cabelo, faz parecer que ele tem mais que dezessete anos. Xander pega uma revista de cima da mesa e senta no sofá. Sério, nunca vi ninguém ficar tão bem de terno. O fotógrafo faz algumas fotos e começa a dar orientações de poses. Depois de tirar mais uma dúzia de fotos, ele olha para mim.

— Por que você não tenta fazer algumas fotos enquanto preparo o próximo cenário?

Ele vai para a cozinha (o quarto de hotel tem uma) e começa a mudar as coisas de lugar.

— Você não me contou que era o modelo.

— Não falei que o meu pai queria que eu fosse a cara dos negócios? — ele responde e baixa o olhar. É a primeira vez que o vejo ficar vermelho. — É constrangedor, mas ele descobriu que as pessoas se sentem mais atraídas por fotos nas quais há vida.

— Quer dizer que essas fotografias são para flyers, coisas assim?

— Para o site da rede, basicamente, mas, sim, também vão aparecer nos flyers.

Um site. Por que não temos um site para a loja de bonecas? Sorrio e levanto a câmera diante de um olho.

— Tudo bem, capricha. Faz um esforço.

Olhar para Xander pela lente da câmera é gratificante. Posso observar sem ter que disfarçar. Com o passar do dia, aprendo a usar o zoom, focar no sorriso ou nos olhos. A pele dele é incrível. O cabelo tem o brilho perfeito e o volume ideal. E é meio ondulado, o que dá um caimento incrível, apesar de ser bem curto.

Faço algumas fotos. Brinco com a luz que entra pelas janelas. Primeiro apelo para a superexposição, banhando seu rosto de luz. Depois reverto o efeito e uso a iluminação que vem de trás dele, transformando-o em uma sombra marcada por contornos e curvas. Tiro algumas fotos com o oceano ao fundo. O quarto tem uma vista perfeita.

— Relaxa, Xander — peço em dado momento.

— Quê? Estou relaxado.

— Está muito formal. A ideia é de que você está em férias, não é? Você precisa ter uma atitude adequada.

— Eu estou de terno. A ideia é dar a impressão de que estou em uma reunião de negócios ou alguma coisa assim.

— Reunião dos funcionários tensos?

Ele ri, e o fotógrafo e eu tiramos mais fotos. Quando penso que o fotógrafo já tem todas as fotos de que vai precisar (e mais), a porta do quarto se abre e um homem de meia-idade bonitão entra na suíte. Não preciso ouvir Xander resmungar um palavrão para saber que é o pai dele. A semelhança é óbvia. Os dois têm olhos castanhos e cabelo castanho-claro, lábios cheios e maçãs do rosto altas. E os dois andam do mesmo jeito: como se fossem os donos do mundo. O pai de Xander estuda a sala e seus olhos param em mim.

O sr. Spence olha para mim por uns trinta segundos, registrando do corte de cabelo feito em casa há seis meses ao Converse surrado. Depois me cumprimenta com um breve aceno de cabeça. Deve pensar que sou assistente do fotógrafo e, se Xander quiser manter essa impressão, tudo bem.

Xander olha para o pai, depois para mim. Se hesitei em apresentá-lo à minha mãe, posso imaginar como ele se sente em relação a me apresentar ao pai. Fico de boca fechada, segurando a câmera com firmeza.

O sr. Spence lança um olhar para o laptop aberto em um canto da suíte. O fotógrafo, provavelmente percebendo o significado daquilo, diz:

— Aquelas são as fotos sem edição, mas pode olhar, se quiser.

Xander fica em pé.

— De qualquer maneira, já terminamos. — Ele caminha em direção ao quarto e, pouco antes de passar pela porta, olha para trás, para mim, e diz: — Caymen.

É quase como se esperasse que eu soubesse que deveria segui-lo. Ao perceber minha hesitação, ele estende a mão. Meu coração dispara, então respiro fundo e me aproximo dele, mas não sou idiota a ponto de segurar sua mão. Apenas passo por ele e entro no quarto. Xander me segue e fecha a porta.

Por alguma razão, estou sem ar.

As roupas que ele usava antes estão penduradas e organizadas sobre uma cadeira no canto, e ele se aproxima delas resmungando algo que não consigo entender. Quando tira o paletó e começa a desabotoar a camisa, uma ideia me ocorre. E se *eu* for o sinal dele? Xander está me usando para mostrar ao pai que não quer fazer parte de seu mundo? Eu sou um peão nesse jogo de rebelião? Por isso ele se aproximou de mim? Andar com a garota pobre. Isso certamente incomodaria o pai dele. Viro de frente para a parede enquanto ele troca de roupa.

Tiro a alça da câmera do pescoço e deslizo o dedo pelo botão prateado na parte de cima.

— Não se preocupe — ele avisa. — Não vou trocar de roupa aqui. Vou até o banheiro.

Mas, quando me viro certa de que estou segura, sua camisa está completamente desabotoada. Apesar de ele levar as roupas penduradas em um braço e estar a caminho do banheiro, fico vermelha ao ver o peito nu e definido.

Mesmo depois de ele fechar a porta do banheiro, meu coração continua batendo em ritmo acelerado. Ando pelo quarto com passos lentos, tentando acalmá-lo. Xander não terá esse efeito sobre mim. Não vou permitir.

Os móveis e a roupa de cama são melhores que qualquer coisa na minha casa. Toco o material rico. Quando ele sai vestido do banheiro, pergunto:

— Xander, esta câmera é sua ou do fotógrafo?

— É minha.

— Você pode me emprestar por alguns dias?

— Claro. Para quê?

— Tenho um fetiche com bonecas de porcelana. Estou pensando em tirar umas fotos delas. Fotos de qualidade.

Ele balança a cabeça.

— Vou tentar de novo. Para quê?

— Gostei da ideia do site. Talvez seja hora de criar um para a loja. — Pode ser nossa salvação da ruína financeira.

— Hum... Essa não é a melhor maneira de mostrar para a sua mãe que você não se interessa pela loja.

Dou de ombros.

— Só vou criar o site e deixar minha mãe administrá-lo. Vou trazê-la para o mundo moderno. — Talvez um site possa ocupar meu lugar. As pessoas podem fazer encomendas, nós podemos ganhar mais dinheiro... e minha mãe vai ter como contratar alguém para trabalhar meio período. Tento não alimentar muitas esperanças, porque isso pode demorar meses, mas gosto da ideia.

Ele não responde, mas pega a câmera da minha mão e aponta para a porta, além da qual o pai espera. O que vão pensar quando sairmos juntos daqui, e Xander aparecer com outra roupa?

Ele deve sentir minha hesitação, porque diz:

— Não me importo com o que ele pensa, Caymen.

É claro que não se importa. Provavelmente ele quer que o pai acredite que existe alguma coisa entre nós.

— Você é quem sabe. — Abro a porta e tento sair com a atitude mais casual possível. O pai dele ainda está olhando as fotos na tela do laptop.

Olho para Xander e tento adivinhar para onde ele vai. Com a câmera nas mãos, ele me fotografa. Levanto a mão.

— Não.

— Ah, agora é a sua vez de ficar do outro lado da câmera. Preciso ver se a carreira de modelo não faz parte das suas possibilidades.

— Não tem a menor chance.

— Com esses olhos? — Mais uma foto. — É uma possibilidade, sim.

Pode ser minha imaginação, mas ele parece estar flertando. Engulo o nó na garganta.

— Esses olhos estão prestes a cometer um redrum.

Ele ri mais alto do que jamais o ouvi rir antes, confirmando minha suspeita de que está fazendo tudo isso para impressionar o pai.

— Vai, Caymen, relaxa — diz, repetindo minhas palavras.

Cruzo os braços e olho para ele de cara feia. Xander tira mais uma foto, ri e depois se dirige ao baú encostado na parede, guarda a câmera e me entrega o estojo.

— Pode pirar com as bonecas.

— Obrigada.

Xander olha para alguma coisa atrás de mim. Viro e me surpreendo ao ver o pai dele.

— Pensei que você fosse da equipe. Não sabia que era uma das amigas do meu filho. — E estende a mão. — Blaine Spence.

Aperto a mão dele.

— Caymen Meyers — falo com dificuldade. Ainda estou chocada por ele querer me conhecer. Talvez queira a câmera de volta?

— É um prazer conhecê-la. — O sr. Spence parece muito sincero. Estaria usando psicologia reversa com o filho? Ele olha para Xander. — Alexander, muitas fotos ficaram excelentes.

O rosto dele endurece imediatamente.

— Que bom. Missão cumprida, então.

— Queria que você trabalhasse com o designer na criação de um layout para os flyers e o site.

— Não tenho muito tempo para isso, estou ocupado com o colégio e as outras coisas, mas acho que consigo alguém em algumas semanas. — Ele toca a parte inferior das minhas costas como se quisesse me levar para fora do quarto rapidamente. Eu me assusto, dou um pulinho, mas deixo que ele me guie para a porta.

— Foi um prazer — falo olhando para trás.

— Alexander.

Ele para.

— Oi?

— Sim — o pai corrige, e vejo a tensão no queixo de Xander.

— Sim? — Xander repete em tom debochado.

— A festa beneficente da sua mãe vai acontecer em quatro semanas. Sua presença é requerida. E tenha os flyers prontos até lá.

Saímos da suíte, e Xander comenta:

— Espero que esteja anotando tudo. Sou muito melhor que você em irritar minha família.

— Estou anotando. — Encontrar a última pessoa no mundo que minha mãe (ou o pai dele, no caso) gostaria de me ver namorando, depois fingir que estou saindo com ele. É claro, minha mãe teria que saber disso. Mas é nisso que somos diferentes. Eu não estou usando Xander. — Em detalhes. Quando a minha mãe me mandar fazer alguma coisa — aponto por cima do ombro, para a porta por onde acabamos de passar —, faço biquinho e ajo como uma pirralha mimada.

— Que grosseria. — Ele sorri com um lado da boca, e isso me irrita, porque acho que o sarcasmo merecia um sorriso inteiro, pelo menos.

Xander aperta o botão para chamar o elevador.

— E aí, fotografia? É o seu futuro?

— Faz parte da lista de possibilidades.

— Achei que você poderia gostar, porque você disse que gosta de ciências, o que exige observação e atenção aos detalhes. Você é boa nisso, e essas características são muito úteis para quem olha por um visor.

Eu o encaro, surpresa.

— Que foi? — ele pergunta.

Percebo que devo parecer chocada e viro para olhar o reflexo turvo de nós dois nas portas douradas do elevador.

— Eu... Obrigada... por notar.

Ele dá de ombros.

— Estou tentando encontrar alguma coisa de que você realmente goste. Depois vai ser a sua vez.

— Ah, vai. E, já que estamos nesse exercício de associar o dia da profissão às nossas características, acho que eu devia procurar algum trabalho para você que envolva passar camisetas e usar vários produtos para cabelo.

Ele passa a mão na cabeça.

— Eu uso poucos produtos para cabelo. — Entramos no elevador e descemos. — Próximo sábado, na mesma hora?

Tento rever mentalmente a agenda que fica em cima do balcão da loja. Não lembro se tem alguma festa de aniversário marcada.

81

— É... sim — digo e sorrio para deixar claro que também achei irritante a observação do pai dele. — Acho que tudo bem. — Esperamos enquanto um funcionário vai buscar o carro. — Ah, e use as suas roupas mais velhas.

No sábado, encontro Xander na calçada para tentar evitar a mesma situação da semana anterior. Minha mãe parece acreditar na história do "amigo do colégio" e, enquanto ela não me obrigar a apresentá-lo, vou manter tudo como está. Ele desliga o carro e desce antes de perceber que estou ali esperando.

Xander usa um jeans legal, uma camiseta ainda mais legal e sapatos tipo mocassim.

Aponto para as roupas.

— É sério? Eu não falei para você vir com roupas bem velhas?

Ele se aproxima de mim. Normalmente Xander é uma cabeça mais alto que eu, mas, como ele está na rua e eu continuo na calçada, meus olhos estão no nível de seu queixo.

— Oi para você também.

Não o vejo há uma semana. Xander estava viajando para resolver algo relacionado aos negócios do pai. Por um minuto, tenho a impressão de que vai me abraçar e paro de respirar, mas ele olha para baixo.

— Estas são as roupas mais velhas que tenho.

Eu o empurro de leve, satisfazendo o impulso de tocá-lo.

— Você é cheio de graça. — Mas sei que ele está falando sério. — Bom, vamos ter que parar no caminho.

Percorremos alguns quarteirões de carro, até eu apontar para o estacionamento do Exército de Salvação.

— Primeira parada: roupas. Vem, você vai ter que mudar de estilo.

Entramos na loja, e o cheiro de mofo que só existe onde há móveis velhos me recebe. Lembro de Skye, porque passamos muito tempo em lugares como este.

— Que número você calça? — pergunto.

— Quarenta e três. Espera... vamos comprar sapatos aqui? Não sei se consigo usar sapatos que outras pessoas já usaram.

— Acho que você acabou de fazer uma afirmação filosófica. Mas vai ter que encarar, gato, porque é isso ou acabar com seus lindos sapatos.

— Não me importo de estragar os meus.

— Espera. Eu disse que você tem escolha? Esquece, não confio nas suas escolhas. Vamos comprar seus sapatos aqui. — E o levo para a seção de calçados. Só tem três opções do número dele. Escolho a pior: tênis de cano alto com cadarço neon. Depois o obrigo a experimentar roupas.

Enquanto Xander está no provador, dou uma olhada na seção de moletons. Vou empurrando as peças na arara, até parar de repente. Entre uma horrível blusa cor de laranja e outra azul com o nome de uma universidade, vejo um vestido preto. Tem pedras bordadas à mão, decote coração e mangas japonesas. Olho o tamanho. Caberia em mim. Mordo o lábio e olho a etiqueta. Quarenta pratas. É caro para um brechó. Mas o preço é justo. O vestido tem um ar vintage. A melhor peça que já encontrei aqui. O fato de estar escondido entre dois moletons me faz pensar que alguém se interessou por ele antes e o escondeu planejando voltar mais tarde. Mas quarenta dólares é mais do que posso pagar. Ainda nem recebi este mês, e estou pensando se vou descontar o cheque. Minha mãe não tem dinheiro para me pagar. O valor do meu salário não vai fazer muita diferença no total da dívida, mas não receber me faria sentir um pouco melhor.

— Estou tentando não pensar em quem usou isto antes — Xander grita do provador.

— Você precisa de um lenço, ou vai parar de chorar? Sai daí e me deixa ver como ficou.

Puxo um moletom na arara e escondo o vestido preto. Mesmo que eu tivesse quarenta dólares, onde usaria um vestido como esse? Em um evento elegante com Xander? Espero não me tornar esse tipo de garota, a que sonha acordada com um cara que nunca vai poder ter.

As cortinas do provador se afastam e Xander sai de lá abotoando uma camisa de flanela.

— Estou me sentindo ridículo.

— É bom se sentir ridículo de vez em quando. Agora você só precisa de um moletom.

— Já tenho um casaco.

— Seu caríssimo sobretudo? Esquece, não vai funcionar. — Puxo uma blusa cinza do cabide ao meu lado e jogo para ele por cima da arara de roupas.

— Certo. Vou vestir minhas roupas agora.

— Não. Você vai sair daqui vestido desse jeito. Te espero no caixa. — Olho para o vestido pela última vez e me afasto.

A mulher do caixa olha para nós como se não acreditasse no que vê.

— Aqui — eu falo e giro Xander. Puxo a etiqueta presa ao passante no cinto. Depois pego a que está pendurada na manga da camisa e entrego o moletom e os sapatos.

— São quinze dólares — ela diz.

Xander entrega uma nota de vinte.

— Quinze dólares? Por tudo isso?

Quando voltamos para o carro, ele ainda está surpreso.

— Eu paguei trinta dólares por um par de meias na semana passada.

— Porque é idiota.

— Valeu.

— Adorei seus sapatos novos, aliás.

Ele revira os olhos.

— Se humilhação é uma carreira, vou avisar logo que não estou interessado.

— Mas você seria muito bom nisso.

85

Paramos no cemitério, e Xander olha para mim.

— O que estamos fazendo aqui?

— Explorando nosso potencial.

— Aqui?

— Sim. Eu sou mórbida, lembre-se. Vamos.

Eu o trouxe aqui por duas razões diferentes. Primeira: porque não precisa pagar. Não tenho dinheiro para levá-lo a um evento equivalente a uma sessão de fotos para promover o dia da profissão. E segunda: acho realmente que Xander precisa sujar as mãos, relaxar um pouco. Até agora ele teve espírito esportivo, mas nem imagina o que planejei para hoje.

— Oi, sr. Lockwood — digo ao entrar na casa funerária que fica ligeiramente elevada em relação ao terreno. O pai da Skye é muito legal. Ele tem todo um jeito de quem parece morar no meio do cemitério, com seu cabelo branco e comprido e o nariz torto. Sempre me perguntei se ele tem um cemitério por causa da aparência, ou se a aparência é consequência de ser dono de um cemitério.

— Oi, Caymen. — Ele pega duas pás. — Tem certeza que quer fazer isso?

— Tenho. — Pego as pás.

— Tudo bem. Eu começo, assim você vai ter uma ideia das dimensões. É depois daquele carvalho. — Ele tira um walkie-talkie do bolso de trás e me dá o aparelho. — Se tiver alguma dúvida, é só me chamar.

Entrego uma pá a Xander.

— Tudo bem.

— Coveiro? — ele pergunta quando começamos a andar. — Sério? Você realmente acha que essa é uma opção?

— Não é só cavar um túmulo, Xander. Tem a ver com todo este lugar. Viver uma vida pacata cercado de morte tranquila.

— Você *é* mórbida.

Ele tem terra no cabelo e lama no rosto. Mas, mesmo nesse estado, sua confiança e sua atitude altiva persistem.

— Não vamos ser enterrados aqui, certo? — ele pergunta.

— Ah, descobriu meus planos.

— Você não pensou que eu toparia fazer isso, né?

Nunca, nem em um milhão de anos.

— Tive minhas dúvidas.

— Pena eu não ter trazido luvas. — Ele abre uma das mãos, e vejo uma bolha de sangue na palma.

— Xander!

— Que foi?

Pego a mão dele e a examino com atenção, tocando com cuidado a pele ferida.

— Você não falou que tinha machucado a mão. — Eu havia puxado as mangas do moletom sobre as minhas. O dele era meio pequeno para isso.

— Não é tão grave.

Pego o walkie-talkie do bolso do jeans.

— Sr. Lockwood, acho que terminamos.

— O buraco não está nem perto de ter a profundidade necessária — diz Xander.

— Eu sei. Mesmo assim, chega.

O aparelho chia e, depois da estática, ouço a voz do sr. Lockwood:

— Posso mandar o trator?

— Pode.

— Espera — diz Xander. — Um trator vai acabar de cavar o buraco?

— Sim, eles não cavam sepulturas com pás há anos. Só achei que seria divertido.

— Eu vou te matar.

— Bom, estamos no lugar perfeito.

Ele avança contra mim, me derruba com uma rasteira, me segurando para em seguida me deitar no chão delicadamente. Dou risada e tento me libertar. Ele segura meus pulsos acima da minha cabeça com uma das mãos, e usa as próprias pernas para imobilizar as minhas. Com a outra mão, pega um punhado de terra e esfrega no meu cabelo.

Rio e continuo me debatendo, mas de repente percebo que Xander ficou quieto. Tomo consciência de cada ponto em que o corpo dele me toca. Seus olhos mergulham nos meus, e os dedos que seguram meus pulsos afrouxam. Uma sensação de pânico domina meu peito, pego um pouco de terra acima da minha cabeça e esfrego no rosto dele. Xander deixa escapar um gemido e rola para o lado, para longe de mim, se apoiando sobre um cotovelo.

Fico deitada no chão fofo por um tempo. Sinto a terra fria no pescoço. Não consigo decidir se acabei de impedir alguma coisa, ou se tudo foi fruto da minha imaginação.

Xander suspira profundamente.

— Eu precisava disso, depois de uma semana com o meu pai.

— Ele é muito duro com você?

— Com todo mundo.

— Sinto muito.

— Não precisa. Eu me viro com ele.

Já vi como Xander "se vira" com o pai. Ele se fecha, endurece, se distancia. Mas, se é assim que ele consegue lidar com a situação, quem sou eu para discutir? Também não lido com minha mãe da maneira mais saudável.

Minhas costas doem, e ficar deitada é ótimo. Fecho os olhos. Tudo é bem tranquilo, o silêncio parece me tocar. Talvez aqui eu possa esquecer o estresse da minha vida. Esquecer que sou uma pessoa de dezessete anos vivendo como se tivesse quarenta. Pensar nisso me dá a impressão de que alguém jogou inesperadamente duas toneladas de terra sobre meu peito.

— Que foi?

Abro os olhos e vejo que Xander está olhando para mim.

— Nada.

— Não é o que parece. Hoje você está fora do seu jogo, eu acho.

— E que jogo é esse?

— Aquele em que você não perde uma chance de rir da minha cara. — Ele olha para a própria mão. — Você poderia fazer um milhão de piadas sobre isto aqui. — E me mostra a bolha.

— Eu sei. Eu não devia ter abusado das suas mãos macias e inexperientes para o trabalho.

— Exatamente. — Ele limpa a terra do meu rosto. — E aí? O que aconteceu?

— Às vezes eu me sinto mais velha do que sou, só isso.

— Eu também. Mas é por isso que estamos aqui, não é? Por diversão. Para parar de pensar no que esperam de nós e tentar descobrir o que queremos.

Concordo balançando a cabeça.

— Meu pai morreria se me visse aqui — ele comenta.

— Ele devia ter sido convidado, então.

Xander ri.

— Ele não teria vindo. Nem morto.

— Bom, na verdade, é assim que todo mundo vem pra cá. Morto.

Ele ri novamente.

— Você é diferente, Caymen.

— Diferente de quê?

— De todas as garotas que eu já conheci.

Considerando que as garotas que ele conhece devem ter cinquenta vezes mais dinheiro que eu, não é muito difícil ser diferente. Pensar nisso faz meus olhos arderem.

— É animador. Você me faz sentir normal.

— Humm... Acho que eu preciso me esforçar mais, porque você está bem longe da normalidade.

Ele sorri e empurra meu ombro de um jeito brincalhão. Meu coração martela dentro do peito.

— Caymen.

Pego mais um punhado de terra, esfrego no pescoço dele e tento escapar. Ele me segura por trás, e vejo a mão dele, suja de terra, se aproximando no mesmo instante em que escuto os apitos que anunciam a aproximação do trator.

— Salva pelos coveiros — ele diz.

Xander fica em pé e me ajuda a levantar. Jogamos as pás para fora do buraco, ele me levanta para eu conseguir sair e, em seguida, se impulsiona para fora da cova.

Quando estamos voltando para a casa funerária, Xander, que leva as duas pás apoiadas sobre um ombro, diz:

— Quer dizer que é aqui que mora a sua melhor amiga?

Respondo que sim com a cabeça.

Ele ri.

— Você mora em cima de uma loja de bonecas de porcelana. Sua melhor amiga mora em um cemitério. Você cresceu cercada de coisas sinistras. Tem medo de alguma coisa?

De você.

Ele olha nos meus olhos, quase como se lesse meus pensamentos, ou eles estivessem estampados em meu rosto.

Tusso para limpar a garganta.

— De cachorro.

— Já foi mordida?

— Não. Mas pensar na possibilidade é suficiente.

— Interessante.

— Ah, por favor, não analise essa declaração. Cachorros têm dentes afiados. E mordem pessoas.

Ele ri.

— E você? Qual é o seu maior medo?

Xander gira uma das pás sobre o ombro uma vez enquanto pensa. Ou não quer me contar, ou não tem muito medo de nada, porque ele demora para responder.

— Perder. Falhar.

— Falhar em quê?

— Em qualquer coisa. Às vezes tenho dificuldade para começar as coisas, porque prefiro nem tentar, para não correr o risco de fracassar.

— Mas nada de bom acontece, se você não correr riscos.

— Eu sei. Mesmo assim...

Chegamos à porta dos fundos da funerária, e ele deixa as pás encostadas na parede. Sacudo o cabelo, e Xander me imita. Depois ele me vira e limpa a terra das minhas costas.

— Mesmo assim...? — pergunto quando penso que ele não vai continuar.

— Mesmo assim, não consigo superar o medo.

A mão continua em minhas costas, e eu fecho os olhos.

— Talvez você tenha que se permitir falhar em alguma coisa. Um fracasso dos grandes. Vai perder o medo depois disso.

— Sei. Devo ir buscar os cachorros agora ou mais tarde?

— Tudo bem, tudo bem. Já entendi. — Xander tem razão. Não posso insistir para ele enfrentar o medo dele se não me disponho a enfrentar o meu. E não me refiro ao medo de cachorro.

— Você tem medo só de cachorros grandes, ou também se incomoda com os pequenos?

— Você tem cachorro, né? Daquele tipo que dá para carregar na bolsa?

— Não. — Ele ri. — É claro que não.

— O tamanho não importa. Na verdade, os pequenos às vezes são até piores. Podem arrancar um dedo.

— Falou a garota que nunca levou uma mordida.

— É a ideia de isso acontecer, Xander. A ideia.

Ele ri e bate no meu ombro, como se quisesse informar que minhas costas estão limpas.

— Vamos embora?

— Vamos. Não, espera. Vou dar um jeito na sua mão antes... É rápido. Tem material para curativo lá dentro. — Bato na porta e abro com cautela. — Sr. Lockwood? — Eu entro. — Vem comigo, lembro que tem um kit de primeiros socorros por aqui.

Percorremos um longo corredor, e eu abro a última porta à direita. Paro de repente quando o sr. Lockwood levanta os olhos do corpo sem vida sobre a mesa diante dele.

— Desculpa — digo.

O homem tem um corte enorme no peito fechado por grampos. É evidente que passou por uma autópsia. O rosto é encovado, o que sugere que um perito trabalhou nele durante dias. Não é um cadáver recente.

— Tudo bem, entra.

A sala é fria, e sinto um arrepio.

— Só preciso de um kit de primeiros socorros. Um pouco de gaze e antisséptico, talvez.

Ele aponta para um banheiro ligado à sala.

— Ali dentro.

O sr. Lockwood espalha o que parece ser base no rosto do homem.

É difícil ignorar o cheiro. Não chega a ser horrível, mas é o cheiro típico de alguma coisa preservada.

— Ele vai ficar em caixão aberto?

— Sim. Amanhã. — Vejo uma grande foto presa à parede. É um retrato do homem quando ainda era vivo, e o sr. Lockwood olha para a imagem de tempos em tempos, usando-a como referência.

— Ele precisa de uma boa arrumação — comento.

— É o que estou fazendo. — E mostra um pincel. — Quer passar o blush?

— Xander, o que acha? Mais uma faceta dessa carreira? — Viro e o vejo parado na porta, olhando horrorizado para o corpo sobre a mesa. Seu rosto está quase tão pálido quanto o do homem morto. — Talvez não.

Paro na frente dele, e Xander demora um instante para olhar para mim.

— Tudo bem? — pergunto.

— Eu não esperava por isso. Sim, tudo bem.

— Tem certeza?

— Tenho.

— Vem cá, então.

Eu o levo para o banheiro e fecho a porta, pensando que não ver o corpo vai ajudá-lo a se sentir melhor. Seguro a mão de Xander embaixo da água corrente, lavando-a delicadamente com sabonete. Os olhos dele se voltam a todo instante para a porta fechada.

— Para quieto — peço e começo a procurar o material de primeiros socorros nos armários. Encontro a caixa e a coloco em cima da bancada. Xander fecha a torneira e enxuga a mão com cuidado.

Abro o frasco de antisséptico, seguro a mão dele e aplico um pouco do líquido sobre o ferimento aberto.

— Dói?

— Está tudo bem.

Sinto seu hálito no meu rosto quando ele responde e percebo que estamos bem próximos. Envolvo sua mão com gaze e levanto a cabeça.

— Pronto, está novinha.

Agora seu rosto tem uma coloração acinzentada.

— Obrigado — ele diz e sai correndo do banheiro.

Agradeço ao sr. Lockwood e saio da sala. Lá fora, Xander se apoia ao prédio com uma das mãos e ameaça vomitar em alguns arbustos. Que desastre! Primeiro as bolhas, agora ânsia de vômito. Meu dia da profissão foi um fracasso.

— Desculpa — falo quando me aproximo e afago seu ombro. Minha mãe sempre faz isso quando vomito. Não ajuda muito, mas gosto de saber que ela está ali.

— Está tudo bem. Você acha que humilhação paga bem? Porque agora tenho certeza de que sou bom nisso.

— Você nunca tinha visto um cadáver, não é?

— Não... — Ele limpa a boca com a manga do moletom e levanta o tronco.

— Nota mental: Xander tem estômago sensível. Fique longe das profissões que envolvem coisas nojentas.

Ao lado do carro, ele tira o moletom, quase arrancando junto a camisa que veste por baixo, e os tênis. Depois de jogá-los no porta-malas, calça os próprios sapatos. Tento não olhar para a faixa de pele ainda exposta sobre o cós do jeans e também tiro meu moletom.

— Quer que eu dirija? — Noto que ele ainda está muito pálido.

Xander hesita.

— Você não confia em mim? Acha que eu não vou cuidar bem do seu bebê?

— Não é isso... Tá, é isso, sim.

— Grosso.

Ele entra no carro.

Sento no banco do passageiro.

— Não vai mesmo me deixar dirigir? Você deixou o manobrista do hotel estacionar o seu carro.

— Aquilo era um estacionamento. E, se você bater o meu carro, não vamos mais poder ser amigos. O que seria de você?

— Não tem mais três iguais a este?

— Quatro, na verdade, mas quem liga?

Acho que ele está brincando, mas pode ser...

Xander liga o motor e se afasta da guia. Olho para o relógio no painel. Cinco horas da tarde. É difícil acreditar que já faz quatro horas que estamos juntos.

Ele pega a faixa da direita e liga a seta.

— Aonde vamos?

— Achei que a gente podia ir comer alguma coisa. Tem um restaurante francês que eu adoro...

É evidente que ele já se sente melhor.

— Não sei. Minha mãe passou metade do dia sozinha na loja. Eu devia voltar e ajudá-la com a limpeza.

— Mais uma hora não vai fazer mal nenhum.

— Eu devia voltar.

Ele continua no mesmo caminho.

— Por favor. — E sorri para mim.

Juro que esse sorriso pode acabar com uma guerra.

— Tudo bem. E depois vou para casa.

— Claro.

*Só quando já estou fora do carro, caminhando para a en-*trada do elegante restaurante francês, penso na sujeira que cobre minha pele. Xander esfregou terra na minha cabeça, e ainda sinto os grãos no couro cabeludo. Constrangida, tento removê-los com os dedos. Quando entramos, vejo que as pessoas no saguão estão muito bem-vestidas. Aposto que a hostess, também muito elegante, vai nos pôr para fora. Xander tem uma mancha de terra na testa, afinal.

Mas ela o cumprimenta com um sorriso radiante.

— Sr. Spence. Seu grupo já chegou.

— Sério? — Ele inclina a cabeça para a moça. — Onde?

— Você tinha planos? — pergunto enquanto seguimos a hostess para uma sala reservada.

— Aparentemente alguém fez planos por mim.

Não sei o que isso significa, mas, quando chegamos à sala nos fundos do salão, umas doze pessoas muito arrumadas riem ao vê-lo. Um cara se levanta e fala para a hostess:

— Está vendo? Eu não disse que estávamos com Xander Spence?

— Eu não devia ter duvidado — ela responde e acrescenta olhando para Xander: — Vou pedir ao garçom para vir anotar os pedidos.

— Obrigado. — Xander entra na sala e se dirige a uma cadeira vazia.

— Você está com cara de quem andou prestando serviço comunitário — alguém comenta enquanto aponta para a camisa de flanela e o rosto sujo.

Xander não se abala. Sua postura ainda é ereta, e sua presença é maior que a sala. Vejo um brilho em seus olhos quando ele diz:

— E aí, quem é o palhaço que está usando o meu nome para furar a lista de espera?

O cara que já está de pé, com óculos que nem devem ter grau e um bronzeado que ele provavelmente compra toda semana, se curva.

— Sou eu.

— Eu devia saber.

— E a conta também é sua — ele acrescenta.

Xander olha em volta e me vê parada na porta.

— Pessoal, essa é a minha amiga Caymen. Caymen, essas são pessoas que talvez você nem queira conhecer, mas que às vezes eu chamo de amigos.

Vários gritos de desaprovação são seguidos por gargalhadas.

Não sei se estou preparada para esse tipo de iniciação. Ainda nem me acostumei com Xander. Quando ele puxa a cadeira atrás da qual está parado e me convida para sentar com um gesto, quero sair do restaurante gritando.

Meu estômago se contorce em nós. Para piorar, uma das garotas está olhando feio para mim. Xander parece nem ter percebido que estou coberta de terra e malvestida.

— Caymen. Vem, senta.

Cerro os dentes, porque a frase "estou usando uma coleira?" quase escapa da minha boca. Fico impressionada por me controlar a tempo. Aponto para a porta por onde entramos e resmungo:

— Banheiro.

Em seguida, desapareço sem esperar por uma resposta. Quando quase não posso mais ouvir o que é dito dentro da sala, uma voz comenta:

— Está recolhendo vira-latas agora, Xander?

Mais gargalhadas.

Minha mandíbula fica ainda mais tensa. Por que estou tão brava? Isso só confirma tudo que eu já sei sobre os ricos. Xander pode ser uma exceção, mas as pessoas naquela sala são a regra. Mudo de direção e sigo para a entrada do restaurante, em vez de ir ao banheiro.

— Posso usar o telefone?

— Claro.

Ligo para Skye e peço carona. Depois volto para enfrentar a sala pela última vez. Observo Xander enquanto me aproximo, antes de ele notar minha presença. Ele está ouvindo alguém do outro lado da mesa. O meio sorriso em seu rosto não seria suficiente para promover a paz mundial. Parece quase um sorriso ensaiado.

Digo a mim mesma para me comportar quando entro na sala. Ninguém olha para mim, por isso me sinto à vontade para ignorá-los. Chego perto de Xander e me inclino.

— Tenho que ir. Não estou me sentindo muito bem. — Eu me sinto culpada por mentir, mas me lembro do comentário que o amigo dele fez sobre "vira-latas" e a culpa desaparece.

Ele começa a se levantar.

— Eu te levo pra casa.

— Não precisa, já liguei para a Skye. A gente se vê depois.

— Caymen...

— É sério, pode ficar. Divirta-se. — Empurro seu ombro para baixo, forçando-o a sentar novamente, e saio da sala.

97

Seguro a maçaneta da porta da loja e puxo, mas meu braço leva um tranco.

— Está trancada? — Skye pergunta.

Percebo que as janelas estão escuras. Cerco os olhos com as mãos e aproximo o nariz do vidro. Minha mãe não está lá dentro. Pego a chave no bolso e abro a porta.

— Mãe!

Nenhuma resposta.

— Vocês não costumam fechar a loja às sete da noite aos sábados? — Skye estranha.

— O movimento devia estar fraco.

Minha amiga parece confusa, e tem todo o direito de estar. Nunca fechamos cedo. Ela não fala nada, mas contorna um bercinho e se apoia no balcão.

— Já volto. — Depois de olhar na sala de festas e no estoque e não encontrar minha mãe, abro a gaveta do caixa. Vazia. Ela deve ter ido fazer o depósito. Mas por que fechar a loja mais cedo para isso? Não era nenhuma emergência.

Subo correndo a escada para o apartamento.

— Mãe!

Silêncio. A secretária eletrônica que temos desde que eu era pequena está apagada. Nenhuma luz vermelha piscando para anunciar uma ligação perdida. Mas tem um bilhete ao lado dela em cima do balcão.

Caymen, eu tinha uma consulta médica às 17h30. Como você não chegou, decidi fechar a loja e aproveitar para fazer o depósito no caminho. Não precisa reabrir. O movimento estava fraco mesmo. Espero que tenha se divertido.

Mamãe

Releio o bilhete. É difícil perceber por um pedaço de papel se a mensagem foi escrita por alguém que estava bravo. Viro a folha e deslizo a mão pelo outro lado para ver se as letras foram escritas com muita força. Depois a levanto contra a luz para verificar se a caligrafia parece apressada ou zangada. Tudo normal, sem nenhum sinal de descontrole emocional. Suspiro e deixo o bilhete em cima do balcão e olho em volta, meio perdida.

Volto para a loja. Skye está falando no celular, e eu pego o espanador embaixo do balcão e começo a tirar o pó das prateleiras.

Quando desliga, Skye me avisa:

— O Henry está vindo pra cá.

A sineta na porta tilinta.

— Tipo, agora.

Dou risada.

— Que rápido!

Henry acena, depois olha para cima.

— Por que vocês estão no escuro?

Aponto para o teto.

— Porque as luzes estão apagadas.

Skye ri.

— Ele deve estar perguntando por que as luzes estão apagadas. Estou distraída.

— Ah. Certo. Fechamos mais cedo. E aí, o que vocês vão fazer? — Olho para Skye, depois para Henry. É claro que eles tinham planos antes de eu ligar para ela pedindo carona.

— O Henry veio pra gente ficar com você.

— Ah. Legal.

Ele bate duas vezes com o dedo na bochecha, fazendo um barulhinho.

— Humm... E você também convidou o Tic para vir. Ele vai chegar daqui a pouco.

— O quê?

De novo o dedo batendo na bochecha.

— A gente falou para o Tic que você o convidou para vir dar um tempo na loja.

— Nossa, como eu sou legal. Por que eu fiz isso?

Skye sorri.

— Porque ficou de quatro depois que ele te beijou.

— E por isso eu não falo com ele há duas semanas? Porque fiquei de quatro?

Ela dá de ombros.

— Espero que você não tenha dito isso a ele — comento.

— Relaxa. A gente vai dar um tempo nos fundos da loja, assim você não vai ter a sensação de que estamos aqui esperando o Tic. — Skye me puxa para a sala de estoque.

— É impressão minha ou você *disse* isso a ele? — Sento no sofá da sala dos fundos e penso em controle de danos enquanto Henry e Skye falam sobre um show que a banda dele vai fazer daqui a duas semanas. Antes de eu conseguir pensar em um bom plano, a sineta da porta tilinta, e meu coração para.

— Estamos aqui nos fundos — Skye grita.

O que vou dizer? *Tic, oi. A gente se beijou? Quê? Ah, nem me lembro disso.* Levanto a cabeça quando ouço os passos entrando na sala.

— Xander!

Sim, eu gritei o nome dele, mas, de resto, fiquei paralisada. Ele tomou banho, está perfeitamente limpo e de volta à aparência normal. Olhar para ele todo arrumado me faz sentir a camada de terra sobre a pele exposta. Esfrego o braço. Por que não tomei banho?

Xander cumprimenta Skye e Henry com um aceno de cabeça, depois diz:

— Caymen, você esqueceu isto no meu carro. — Meu moletom. — E eu trouxe comida, já que você não ficou para comer.

Esse é seu tema: chegar com comida. Chocolate quente, muffins e agora comida francesa.

Ele apoia a sacola na mesinha de centro e tira vários recipientes térmicos.

— Ah, eu... só trouxe dois garfos.

Skye se aproxima da mesa de joelhos.

— Quem precisa de garfo? — Ela pega um pedaço de pão coberto de queijo e enfia na boca. — Oi, eu sou a Skye. Vi você no Scream Shout há umas duas semanas.

Xander assente e olha para ela da cabeça aos pés, analisando desde os cabelos cor-de-rosa até os coturnos desamarrados.

— Xander, essa é a minha melhor amiga, Skye, e o Henry é o namorado dela.

— Namorado *dela* — Xander repete.

— Isso. — Lembro o dia em que ele entrou na loja quando Henry cantava para mim. Ele achou que Henry era meu namorado. Ops.

Xander balança a cabeça.

— É um prazer conhecer vocês, Skye e Henry.

— O prazer é meu — ela responde e come mais um pedaço de pão. — Humm, isso é incrível.

Xander senta a meu lado no sofá e me dá um garfo de plástico.

— Está melhor?

— Melhor? — Demoro um segundo para lembrar a desculpa que usei para fugir do restaurante. — Ah, sim. Muito melhor agora.

Ele levanta uma sobrancelha, como se soubesse meu segredo.

— E aí, Henry — Xander fala. — Sua banda é bem legal. Já gravaram alguma coisa?

— Não. Estamos trabalhando pra isso. Precisamos de dinheiro para alugar o estúdio.

— Eu conheço um estúdio que vocês podem usar quando quiserem. Sem pagar nada.

— Está me zoando?

— Eu não... hum... zoo. Me liga um dia desses, vamos combinar.

Henry agarra o celular, ansioso para pegar o número antes que a oferta seja retirada. Xander dita os algarismos.

— Cadê todo mundo? — Mason grita ao mesmo tempo em que a sineta da porta tilinta.

Arregalo os olhos para Skye, e ela morde o lábio.

— Aqui atrás, Tic — grita Henry.

Levanto do sofá pensando se não devo interceptá-lo antes de ele passar pela porta, mas é tarde demais. Mason entra na sala do estoque em toda a sua glória, exibindo cabelos e lábios bonitos. Ele sorri para mim.

— Pensei que você fosse ver o show na semana passada, mas você sumiu. — Ele atravessa a sala e me aperta num abraço com cheiro de cigarro e hálito de hortelã. — Não pensei que você fosse o tipo de garota que foge depois de um beijo — ele fala bem perto do meu ouvido, mas sei que todo mundo escutou. Em seguida, beija meu rosto.

O rei da inconveniência. Bato em seu ombro meio constrangida e recuo, me soltando do abraço. O silêncio invade a sala. Olho para Xander para avaliar sua reação à cena. Ele exibe aquela expressão séria padrão.

— Cara — diz Henry —, o Xander acabou de falar que podemos usar o estúdio dele para gravar algumas faixas.

Mason parece confuso, então me afasto dele e anuncio:

— Mason, esse é o Xander. Xander, Mason.

Xander estende a mão.

Mason bate na mão dele de lado, em um cumprimento informal.

— E aí, cara? — Ele o estuda com atenção antes de continuar: — Eu te conheço de algum lugar.

— Ele viu um dos nossos shows — Henry esclarece.

— Não, não é isso. Você é produtor musical?

Xander ri.

— Não. Sou *amigo* da Caymen. — Ele enfatizou o "amigo" ou eu estou ouvindo coisas?

Mason olha para mim com a testa ainda franzida, como se tentasse organizar os pensamentos. Ele pisca algumas vezes e diz:

— Não. Sei lá. Mas valeu pela oferta do estúdio.

— Tudo bem.

Mason senta no chão ao lado da Skye e se reclina, apoiando o peso sobre um cotovelo. Com ele no chão e Xander todo tenso no sofá, é como se eu assistisse ao vivo a uma demonstração de opostos. Duas pessoas não poderiam ser mais diferentes que Xander e Mason. E o estranho é que rever Mason me faz perceber que ele provavelmente combina mais comigo. Certamente mais que o riquinho a quem estou sempre atribuindo motivos escusos para querer se aproximar de mim. É triste eu nem saber qual é o meu tipo? Eu devia saber qual é? Lentamente, volto a me sentar no sofá.

Não sei o que dizer para acabar com o silêncio desconfortável. Xander acha que o larguei no restaurante para encontrar outro cara? Quero explicar que eu não sabia que Mason viria, mas ele se sentiria idiota com isso, acho. Então decido encher a boca de frango para não ter que falar nada.

— Ah — Skye se manifesta. — Olha só o meu achado semanal. — Ela estende a mão fechada, e o movimento faz balançar a corrente da pulseira em seu braço. — Dez dólares.

Todo mundo se inclina para a frente.

Mason desliza o dedo sobre uma pedra azul.

— Você gastou dez pratas nisso? Não parece comestível. Podíamos encher a geladeira com esse dinheiro. Não é, Henry?

— Amém, irmão — Henry concorda. — Acho que tem um pote de mostarda lá.

— Não mais. Eu comi ontem — Mason responde, e todos nós damos risada.

104

— Você comeu um pote de mostarda? — Xander pergunta. — Sozinho?

— Eu estava com fome. — Todos nós rimos de novo.

— Uma vez eu comi um pote de maionese quando estava com fome — conta Henry.

— Uma vez, meu pai passou três semanas sem ir ao supermercado — Skye emenda —, e eu comi umas cenouras murchas que achei no fundo da gaveta da geladeira.

Mason chuta meu pé.

— Tem terra na sua testa.

Xander ri, e eu limpo a sujeira.

— É, fomos cavar no cemitério.

Skye solta um gritinho.

— Ah, esqueci que era hoje! Como foi?

Xander fecha e abre a mão enfaixada.

— Ah, interessante.

Skye sorri para mim com um ar cúmplice.

Mason parece um pouco confuso, mas me pergunta:

— Como vai a sua mãe?

— Tudo bem.

A sala é invadida por um silêncio que dura alguns instantes, até ser interrompido pelo toque do celular de Xander. Dou um pulo. Ele se afasta do grupo para atender à ligação, e ouço aquela voz dura que ele parece reservar só para o pai.

— Como você conheceu esse cara? — Mason pergunta olhando para mim.

— Ele é neto de uma cliente.

— Uma cliente rica — acrescenta Skye.

Mason se ajoelha.

— O que estamos comendo? Tranqueira com frescura?

— É bom — responde Skye. — Comida de gente rica. Você devia experimentar.

Xander volta, desligando o celular.

— Caymen, eu tenho que ir.

— Tudo bem.

— Foi legal conhecer vocês, pessoal. — Quando ele está quase na porta, ainda olhando para mim, percebo que minha atitude é grosseira e levanto para acompanhá-lo até a saída. Do lado de fora da loja, paro na frente do carro dele. — Você tem amigos interessantes. — O sorriso ensaiado que vi no restaurante está de volta ao rosto dele, e eu não gosto disso.

— É, eles são divertidos. — Aponto para o bolso dele. — Quem era no telefone?

— Meu pai. Emergência no hotel.

— O que pode ser uma emergência no hotel?

— Dessa vez algum idiota abriu um buraco na camisa de um hóspede enquanto a passava. Minha missão é encontrar uma camisa igual para substituir a que foi queimada, e espero que tenha alguma coisa assim na cidade. — Ele adotou o tom de negócios, uma voz séria e objetiva, como se falasse com um colega, não comigo.

— Como assim, espera que tenha na cidade?

— Bom, depende da marca. Talvez não haja nenhum revendedor nessa nossa vasta metrópole. Nesse caso, vou ter que ir a San Francisco ou algum outro lugar. Vou dar alguns telefonemas antes.

— Está dizendo que vocês são responsáveis por um idiota que queima uma camisa?

Ele está com a mão no bolso, balançando as chaves. Uma insinuação de que quer ir embora?

— O idiota que queimou a camisa é um dos nossos funcionários. Ou melhor, era. Já deve ter sido demitido.

— Demitido?

Xander demora um instante para entender por que isso me causa espanto.

— A empresa pode perder um cliente importante por causa dele.

O vento sopra uma mecha de cabelo sobre meu rosto e, quando Xander estende a mão para afastá-la, eu mesmo empurro o cabelo para trás e recuo alguns passos.

— Divirta-se com a sua emergência.

Ele olha para o novo espaço que criei entre nós, balança a cabeça e pergunta com voz dura:

— Ele conheceu a sua mãe?

— Quê? Quem?

— O cara do piercing na boca.

— O Mason. Sim, conheceu. — Só a encontrou uma vez, de passagem, mas nesse momento não me importo com a possibilidade de Xander pensar que foi mais que isso. Estou irritada. Pensei que ele fosse diferente, mas esta noite mostrou que não. Eu queria que ele fosse diferente.

— Sua mãe aprova esse cara, e você ficou com medo de ela não me aprovar?

— Os amigos do Mason nunca me chamaram de vira-lata. É tão difícil assim de entender?

— O quê?

— Eu ouvi o que o seu amigo falou.

Ele ri com amargura.

— Por isso que você foi embora? Você devia ter ficado e ouvido um pouco mais, porque ele estava falando da minha camisa. Ele chama flanela de "tecido de quem pega cachorro".

Sinto o peito apertado e penso em pedir desculpas, mas não foi só isso que me incomodou esta noite.

— Bom, ainda bem que você nunca mais vai ter que usar aquela camisa — comento.

Ele tira a chave do bolso.

— Tchau, Caymen.

— Tchau.

Não olho para trás, apesar de querer muito. Quero que ele me impeça de ir embora. E estou furiosa comigo por querer.

Ele não me detém.

Na sala de estoque, Henry está guardando a guitarra e Skye está ajeitando a echarpe no pescoço.

Não quero ficar sozinha. Meu estômago dói.

— Aonde vocês vão?

— O Henry não gostou do cardápio. — Skye aponta para as embalagens na mesa. — Vamos comprar comida de verdade.

— Que tipo de comida de verdade? Nachos e salsicha empanada de ontem?

— Exatamente — responde Henry.

Com todo cuidado, adiciono o equivalente a três segundos de Mountain Dew à minha caneca e passo para o Powerade.

— O que ela está fazendo? — Mason pergunta.

Skye dá risada.

— É a mistura especial da Caymen. Ela dedicou o verão inteiro a essa experiência. Agora tem a fórmula perfeita da mistura de refrigerante de máquina.

— Preciso experimentar — Mason decide, e é seguido pelo dono do posto de gasolina enquanto anda. O proprietário não confia em adolescentes e sempre anda atrás de nós recitando as "ofertas do dia", usando esse truque para não deixar tão claro que está nos vigiando. Nesse momento, ele está falando com Mason sobre o desconto na carne-seca, e Mason provoca perguntando se pode misturar e combinar vários itens. Só eu dou risada. Skye espalha mostarda em um enorme cachorro-quente.

Termino de preparar minha bebida e tomo um gole. Perfeita. Skye pode rir de mim, mas esse foi um experimento que compensou o esforço.

— Quanto você pagaria por uma camisa? — pergunto de repente, pensando nas centenas de dólares que Xander vai desembolsar para substituir a camisa do "cliente especial".

— Esta aqui foi cinquenta centavos no Exército de Salvação — Mason anuncia orgulhoso, apontando para o logo da banda na camiseta com um palito de carne-seca. O proprietário acompanha o movimento com o olhar, como se Mason fosse esconder a carne na manga.

— Preço incrível até para um brechó — Skye aprova, impressionada.

— Cinco pratas pela calça jeans — diz Henry. — Mas eu teria topado pagar seis. — Ele levanta a camiseta para mostrar o traseiro na calça.

Dou risada. Gosto desse tipo de gente, gosto até do dono do posto de gasolina e sua desconfiança exagerada.

Mason aponta e pisca ao mesmo tempo, gritando um "arrá!" que me assusta.

— Que foi? — pergunto.

— Já sei de onde conheço aquele cara.

Viro a cabeça lentamente e sigo a direção de seu dedo. Mason aponta a capa de uma revista *Starz* na prateleira atrás de mim. Tem uma foto de Xander no canto.

Eu talvez não devesse ter comprado a revista. Já irritei Xander o suficiente. Mas comprei, e agora estou sentada sozinha no sofá da sala de casa, esperando minha mãe chegar e lendo novamente o artigo ruim. Tudo que a matéria diz é que "O Príncipe dos Hotéis" foi visto em Nova York na semana passada, quando esteve na cidade para supervisionar a reabertura de um dos hotéis da família.

Agora entendo por que ele ficou confuso quando nos conhecemos e eu não sabia em que ramo a família dele atuava. Deve ter pensado que eu estava fingindo. A culpa é de não termos TV a cabo. Eu podia não saber exatamente quem ele era, mas sempre soube que era alguém. Um artigo confirmando o fato não muda nada. Amasso a revista fina e a jogo contra a televisão ligada. Dois segundos depois, minha mãe entra em casa.

— Oi — ela diz ao me ver no sofá.

— Que consulta demorada. — Seria muito óbvio se eu fosse pegar a revista, por isso a deixo onde está e torço para ela não perceber.

— Ah, fui resolver algumas coisas quando saí do consultório.

Aponto para trás por cima do ombro.

— Fiz um sanduíche para você. Está na geladeira.

A luminosidade muda quando um intervalo comercial substitui o programa na televisão, e percebo que os olhos de minha mãe estão vermelhos. Endireito as costas e viro de frente para ela.

— Está tudo bem?

— Claro. Estou cansada, só isso. — Ela vai até a cozinha e desaparece atrás da parede que a separa da sala. Vou pegar a revista e a enfio no bolso.

Depois de mexer em algumas coisas na cozinha, minha mãe grita:

— Você se divertiu?

Desligo a televisão e espero que ela venha sentar comigo no sofá.

— Sim. Fomos até a casa da Skye e cavamos um pouco no cemitério. Foi bem legal.

— Deve ter sido. Pena não ter convidado seu amigo para entrar. Queria ter conhecido.

Não, não queria. Você teria odiado conhecê-lo.

— Ele tem fobia de boneca. Trauma de infância.

— Sério?

— Não, mãe.

— Você é hilária, Caymen.

— E você é ótima com sarcasmo.

Ela ri.

— E aí, esse amigo é um namorado?

— Só amigo mesmo. — Talvez nem isso agora.

— Bom, se é só isso que você está procurando, é melhor ficar atenta, porque você conhece a diferença entre amizade e amizade colorida.

Reviro os olhos e sorrio.

— Sim, sim.

— Não vai fazer ninguém sofrer.

— Você é tipo o Sócrates ou algo assim, mãe.

— Eu sou, é? — Ouço a porta de um armário bater e sei que ela está vindo para a sala. — Obrigada pelo sanduíche, meu amor. Eu como amanhã. Já comi na rua.

— Tudo bem.

— Desculpe não ficar para conversar com você, mas vou deitar.

— Às oito da noite?

— Foi um dia longo. Além de cuidar da loja, eu andei muito pela cidade.

Levanto e vou atrás dela no corredor.

— Espera.

Minha mãe se vira para mim. A luz do corredor está apagada, e ficamos na penumbra.

— Que foi?

— Por favor, fala comigo. Está acontecendo alguma coisa.

Minha mãe e eu sempre conversamos sobre tudo. A distância que sinto entre nós é por minha culpa, eu sei, por causa de todos os segredos que temos agora, mas ela precisa falar comigo.

Minha mãe olha para as mãos, e seus ombros sobem e descem. Ela não me encara quando diz:

— Não é nada. De verdade.

— Por favor, mãe. Eu sei como é o nada, e não é assim.

— Hoje eu tentei fazer um empréstimo. Não consegui.

Não preciso perguntar, mas pergunto assim mesmo:

— Um empréstimo pra quê?

Ela finalmente levanta a cabeça, então vejo seus olhos inchados.

— Para pagar algumas contas atrasadas. — Ela segura minha mão. — Mas não quero que você se preocupe com isso. Nós vamos ficar bem. É só um atraso. Já atrasamos pagamentos antes. Tenho esperança de meses melhores. Só precisamos tomar um pouco mais de cuidado.

— Mais cuidado? Como podemos ter mais cuidado? Não gastamos quase nada.

— Não se preocupe. Está tudo bem.

Assinto e ela me abraça. Isso não afasta minha preocupação.

Entro em meu quarto, fecho a porta e sinto uma pressão horrível no peito. Tiro a revista do bolso e a aliso.

— Você vale todo esse trabalho, Xander? — falo para o rosto amassado.

É segunda-feira de manhã e eu me arrumo sem pressa. Passei o fim de semana todo pensando no que ia dizer a Xander. Estou cansada do sentimento que se instalou em meu peito e ameaça ficar. Quando desço, minha mãe está fechando o zíper do malote verde de depósito bancário e o guarda na bolsa.

— Pensei que você tivesse ido fazer o depósito no sábado.

Ela dá um pulinho.

— Que susto! — E me olha da cabeça aos pés. — Nossa, você está linda. Faz muito tempo que não usa esse suéter. Ele destaca os seus olhos. É para o garoto especial da escola?

Se não amasse tanto minha mãe, eu a enforcaria.

— Não, mãe, eu já disse que somos só amigos. — E ele não estuda no meu colégio. E... espera, ela está tentando mudar de assunto? Quase deu certo. — O que acontece com o depósito?

— Eu não fiz no sábado.

Não? Minha mãe é neurótica com a questão do depósito. E ela não disse que tínhamos contas atrasadas?

Ela deve ter percebido minha expressão, porque diz:

— Não é nada sério. Eu cuido disso assim que o banco abrir.

— Tudo bem. — Pego a mochila, ajeito o suéter e olho para a porta. Meu coração dá um pulinho inesperado, o primeiro desde que briguei com Xander. Sorrio e saio para a manhã fria.

Ele não está lá fora.

A caminhada até o colégio parece demorar o dobro do normal. Talvez porque olho para trás toda hora, talvez por estar andando mais devagar, dando tempo para ele chegar. Mas ele não chega.

*Depois da aula, enquanto minha mãe está lá em cima fa*zendo pedidos pelo computador, pego a câmera de Xander da mesa da sala de estoque e tiro mais fotos das bonecas. Nunca me senti mais motivada a colocar o site no ar. Precisamos aumentar o movimento. Enquanto encaro os olhos sem vida de Aislyn pelo visor, lembro de uma coisa: minha mãe parada ao lado do caixa hoje de manhã, segurando o malote do depósito e tentando se esquivar de minhas perguntas.

Penduro a câmera no pescoço e entro no escritório dela. A primeira coisa que procuro é o livro da contabilidade. O número vermelho é ainda maior, ultrapassou três mil dólares. Eu não deveria estar surpresa. Ela mesma disse isso. Mas fico ainda mais preocupada. Abro a gaveta onde ela guarda o malote do banco e o pego. Está fechado, e olho para ele por um momento, sentindo o peso nas mãos. Não quero abri-lo e descobrir que o dinheiro ainda está lá dentro. Nem imagino o que pode significar encontrar o dinheiro ainda lá dentro. Que ela está escondendo coisas de mim? Rápido e indolor. Abro o malote e olho dentro. Vazio. Apesar de o dinheiro ter desaparecido, prova de que ela fez o depósito, ainda me sinto incomodada.

A sineta da porta tilinta, então guardo o malote na gaveta e corro para a frente da loja.

Um homem alto, de cabelo e barba escuros, acaba de entrar. Demoro um segundo para reconhecê-lo, depois lembro que o vi na loja algumas semanas atrás conversando com minha mãe.

— A Susan está? — ele pergunta e olha demoradamente para a câmera pendurada em meu pescoço.

— Não. — Eu poderia dizer que ela está lá em cima, mas o desconforto que senti no escritório da minha mãe cresceu.

— Pode dizer a ela que o Matthew passou aqui?

— Posso ajudar de algum jeito?

Os olhos dele brilham e a boca se distende em um sorriso.

— Não.

Sem dizer mais nada, ele vai embora. Matthew passa na frente da vitrine, e espero alguns segundos antes de sair. Fico perto do prédio para ele não me ver. Ele entra em um SUV azul-marinho parado mais à frente na rua. Tiro algumas fotos, dando zoom na placa do carro e no rosto do motorista. Meu coração para quando os olhos dele encontram a lente da câmera. A maçaneta da porta da loja machuca minhas costas quando recuo apressada. Ele não me viu, provavelmente. Eu havia exagerado no zoom.

Na loja, pego o telefone e aproximo o dedo da tecla do interfone, mas paro. Não quero conversar com minha mãe sobre Matthew pelo interfone. Não quero nem falar com ela sobre Matthew. Não que minha mãe nunca tenha namorado ninguém. Ela namorou... uma vez. Mas sempre me contou. Portanto deduzo que Matthew, seja quem for, não é namorado dela. E, se não é um namorado, quem é ele então?

Dois dias depois, olho para o estojo da câmera de Xander em cima da minha cama. Eu descarreguei as fotos no computador e comecei a trabalhar na criação do site. Qualquer coisa para me impedir de pensar que não via Xander desde sábado à noite. Repasso as cenas daquela noite em minha cabeça. Ele chegando com comida francesa, o Mason aparecendo, eu recuando quando ele tentou tocar meu cabelo, nossa discussão. Durante todo o tempo, eu dei sinais de que ele devia se afastar, mas aparentemente só agora ele os compreendeu.

Cutuco o estojo com o pé e suspiro. Passei dois dias pensando se deveria usar a câmera como desculpa para vê-lo de novo. O pretexto seria "só queria devolver sua câmera". Tem dois problemas nisso. Primeiro: nem imagino onde ele mora. Segundo: não tenho o número do telefone dele. Também há duas soluções para esses problemas. Primeira: posso ligar para a sra. Dalton e pedir o número de Xander. Segunda: posso ir ao hotel The Road's End e torcer para encontrá-lo.

Escolho a solução número dois. Minha cabeça processa a ideia maluca de que, se eu aparecer no hotel, ele vai estar lá. Posso dizer que "estava passando", e não vou parecer óbvia nem esquisita.

Mas as coisas não funcionam como imagino, e agora estou na elegante recepção do hotel falando com uma funcionária, conformada com a ideia de que isso não está dando certo.

— Eu trouxe a câmera dele — repito.

— E, como eu já disse, se deixar a máquina comigo, eu entrego a ele.

— Se puder me dizer quando ele estará aqui, ou me dar o endereço dele, ou algum outro contato, eu mesma entrego.

O jeito como ela olha para mim faz meu coração doer. É como se ela dissesse: "Sabe quantas garotas tentam descobrir essas informações?" Dou um passo para trás diante da atitude da recepcionista.

— Não quer deixar a câmera?

Tento demonstrar com o olhar que não confio nela e digo:

— É um equipamento caro.

Meu olhar não é tão convincente quanto o dela. A verdade é que, se eu estivesse no lugar dela olhando para mim, também não forneceria as informações de contato do Xander.

Viro e saio do hotel levando a máquina fotográfica. Hora de tentar a opção número um, acho. Vou ligar para a sra. Dalton e pegar o número do celular de Xander. Preciso devolver a câmera, afinal. É muito importante.

A alça do estojo aperta minha mão, porque a enrolei várias vezes para impedir que arraste no chão. Meus dedos estão ficando brancos por causa da falta de circulação. Quando chego à porta, eu paro. Por que estou fazendo isso comigo? Por que estou me agarrando a isso com tanta força? A ele? Não devia ser tão difícil. Se fosse certo, eu não estaria mentindo para minha mãe sobre essa história. Não me sentiria culpada por causa dela. Se fosse certo, seria mais fácil.

Volto ao balcão da recepção e ponho a câmera em cima dele.

— Você pode entregar para ele?

Ela assente e parece se preparar para dizer alguma coisa — obrigada, talvez —, mas o telefone toca, ela atende e me esquece. Respiro fundo e vou embora. Posso deixar Xander também. Ali, no lugar dele.

Quando volto para casa, percebo várias crianças fantasiadas pelas ruas. Como esqueci que era Halloween? Mas a Old Town está vazia, sem a animação dos grupos de crianças. Pouca gente mora na área comercial. Estaciono na viela e entro pela porta dos fundos. A loja está escura, como a deixei. São quase nove horas da noite e, considerando seus hábitos recentes, imagino que minha mãe já foi deitar. Porém a encontro sentada no sofá, assistindo a um filme.

Ela levanta a cabeça e sorri.

— Achei que você tinha ido a alguma festa sobre a qual esqueci que tínhamos conversado.

— Não. Nem lembrei que é Halloween.

Minha mãe bate na almofada ao lado dela.

— O que você está vendo?

— Não sei. É algum clássico da Hallmark.

Sento perto dela no sofá.

— Me deixa adivinhar: a mulher tem câncer e o homem não sabe, mas a ama.

— Não. Acho que o menininho está doente e a mãe percebe que passa tempo demais trabalhando.

Puxo sobre mim um pedaço do cobertor com o qual minha mãe se cobre. Não falamos nada, só assistimos ao filme, mas é confortável, familiar, e no fim do filme eu me sinto bem melhor. Senti falta dela. Senti falta disso.

No dia seguinte, quando estou entrando na loja, encontro o carteiro saindo. Ele me cumprimenta e eu sorrio. Minha mãe está atrás do balcão lendo os envelopes sem pressa. Talvez esteja adiando o momento de abrir as contas que precisam ser pagas com o dinheiro que não temos. Quando termina de olhar o último envelope, ela olha para mim.

— Oi.

— Oi.

Ela balança os envelopes.

— Está ficando nervosa? — pergunta.

— Sim. — Ela nem imagina quanto.

— Quando acha que vai começar a ter respostas?

— Respostas?

— De Berkeley, Sac State, San Francisco, enfim, das faculdades.

— Ah, tá. — Primeiro eu teria que me candidatar. — Só em abril, acho. — Eu sei, na verdade. Sei que o prazo final para inscrição na maioria das faculdades se encerra em breve. Ainda não havia conversado com minha mãe sobre o plano de adiar tudo isso por um ou dois anos.

— Abril? Falta muito tempo.

Para mim não parece.

Ela sorri, guarda a correspondência na gaveta e olha a agenda, grande demais para os compromissos que temos, em cima do balcão. Minha mãe arranca a folha do mês, dobra com cuidado e guarda com as outras no armário de baixo, uma garantia de que as próximas gerações saberão que tivemos o mais tedioso de todos os anos.

— Mês novo — diz. — Hora de planejar a vida. — Minha mãe pega a caneta, pronta para enquadrar minha vida nos quadradinhos onde ela vai acontecer. — Tem alguma coisa extra no colégio esta semana?

— Não. Tenho uma prova importante amanhã, talvez eu deva estudar hoje à noite.

Ela risca o quadradinho de hoje a partir das cinco da tarde e escreve meu nome.

— Tenho uma reunião de lojistas na próxima quarta-feira à noite. — E anota "18h" dentro do quadradinho da quarta-feira, sem acrescentar nenhum detalhe.

— Onde?

— Ainda não sei. Fazemos um revezamento de lojas.

— E por que nunca teve reunião aqui?

— Nossa loja é muito pequena. — Ela olha para a agenda quase vazia. — Mais alguma coisa?

Olho para o sábado, quando Xander e eu fazíamos o dia da profissão. Seria a vez dele.

— Não. Nada.

— Nossa, que mês agitado. Não sei se vamos conseguir lidar com uma agenda tão cheia.

— Nenhuma festa de aniversário?

— Ainda não.

Ela guarda a caneta e pega alguns produtos de limpeza. Ao longo da tarde, me pego olhando várias vezes para a agenda e a noite de quarta--feira, para a "reunião" anotada em tinta preta. Por que estou cismada com isso? Faz alguns meses que minto para minha mãe sobre com quem tenho andado. É possível que ela também esteja mentindo para mim? O nome Matthew aparece na minha cabeça e eu tento expulsá-lo depressa. Mas ele persiste.

— Mãe, quem é...

A sineta da porta me interrompe. Levanto a cabeça e sinto uma esperança boba de que seja Xander. Não é. É o Mason.

Minha mãe sorri.

— Oi. Mason, não é?

Ela lembra o nome dele?

— Isso. Oi. Bom te ver de novo. Será que posso roubar a Caymen por uma ou duas horas?

— É claro que sim. Aonde vocês vão?

— Tenho ensaio da banda e queria a opinião dela sobre algumas músicas.

— Ele ainda não sabe que a minha opinião sobre música é imprestável — falo para minha mãe.

— Não é verdade — ela me desmente, como se estivesse realmente preocupada com isso.

Mason passa por minha mãe, e ela olha para a panturrilha dele. Depois aponta.

— O que significa?

Ele vira o pé para poder olhar a tatuagem, como se tivesse esquecido que ela estava ali.

— É um símbolo chinês. Significa aceitação.

— Muito bonita — minha mãe comenta.

— Obrigado. — Mason olha para mim. — Vamos?

— Vamos. Obrigada, mãe. Até daqui a pouco.

Ele apoia o braço no meu pescoço. Estou me acostumando com essa necessidade do Mason de contato humano. Nesse momento, também preciso de contato humano.

Eu o cutuco com o cotovelo.

— Por que você está usando shorts em novembro?

— Não está tão frio.

É verdade. Na costa da Califórnia, o começo de novembro é bem parecido com o começo da maioria dos meses.

— Onde é o ensaio? — pergunto.

Ele aponta para uma van roxa.

— Em uma van?

— Não, vamos chegar lá de van.

A porta lateral do veículo desliza, e Skye desce de lá sorrindo.

— Não acreditei que ele conseguiria tirar você da loja.

— Por que não?

— Porque você é muito responsável. Mas ele garantiu que conseguiria. Parece que eu subestimei o charme do Tic.

Ou a minha solidão. Mason tem um cheiro bom, e me aproximo um pouco mais de seu peito.

— Minha mãe está de bom humor. Na verdade, foi ela quem tomou a decisão.

— Ah! — Mason exclama. — Olha isso. — Ele abre a porta do passageiro e praticamente mergulha lá dentro, pegando alguma coisa no chão. Uma revista *Starz*. — Outro artigo. Você devia começar a colecionar. É seu passaporte para a fama, não é?

Pego a revista e vejo estampada na capa uma foto de Xander com a legenda: "Xander Spence e Sadie Newel flagrados em LA no fim de semana". Na imagem, ele está de mãos dadas com uma garota de cabelo curto e pernas longas e bronzeadas. Meu estômago reage com tanta violência que sinto vontade de vomitar. Pelo jeito, Xander achou mais que uma camisa nova para o cliente no fim de semana passado.

Abro a revista e leio a matéria: "Xander Spence, filho de Blaine Spence, dono de uma rede de hotéis de luxo, foi visto na entrada da boate Oxygen, em Los Angeles, no último fim de semana, com a atriz Sadie Newel, com quem mantém um relacionamento de longa data. Ela passou os últimos seis meses filmando em Paris..."

Mantém um relacionamento de longa data? Não consigo continuar lendo, porque minha visão fica turva. Não posso chorar por causa disso. Já desisti de Xander. *Devolvi a câmera*, lembro. Essa foi minha libertação. Mas, no fundo e em segredo, eu esperava que ele me procurasse. Mordo a boca por dentro e seguro as lágrimas.

— Que artigo interessante — comento. — Duas pessoas foram vistas andando. Isso sim é notícia!

Seis meses. Ela passou os últimos seis meses filmando. Eu fui uma distração para ele. Minha mente escolhe esse momento para me lembrar que o nosso relacionamento foi platônico: ele nunca chegou muito perto de mim, se apresentou como meu "amigo" quando falou com Mason, nunca chamou nossos passeios de encontros. Eram "dias da profissão". E essa semana ele nem havia aparecido. Mente idiota. Por que não me falou tudo isso antes? Agora era claro que eu havia errado ao interpretar as reações dele. E me sinto uma estúpida. Ele só queria ser meu amigo.

Engulo as lágrimas. Que bom. Era tudo de que eu precisava, um corte cirúrgico. Definitivo. Olho para a foto de Sadie Newel. Ela é bonita e sofisticada, muito mais o tipo dele.

Henry aparece de trás da van.

— E aí, prontos para gravar nosso primeiro single? — Ele segura o celular. — O Xander disse que o estúdio está livre agora.

— *Tudo bem? — Skye me pergunta em voz baixa.*

Estou esmagada no assento do meio entre ela e Derrick, o baterista.

— Sim. Por que não estaria? — Na verdade, eu estava surtando. Encontraríamos Xander. Eu teria que vê-lo. Isso não ia dar certo. Penso em me jogar da van, agora que processo completamente a notícia.

— Porque você acabou de descobrir que o cara de quem você está a fim tem namorada. — Ela aponta para a revista que foi jogada no fundo da van e que, de alguma maneira, acabou caindo no meu pé (e talvez tenha sido por acaso que pisei no rosto perfeito de Sadie).

— É tão óbvio assim?

Ela dá de ombros.

— Fala sério. Eu sou sua melhor amiga.

— Bom, não importa. Eu já superei o Xander.

— Nossa, que rapidez.

— Estou tentando esquecer o cara desde um minuto depois de a gente ter se conhecido. Sou rápida mesmo.

Ela dá um tapinha no meu joelho, como se pensasse que estou em negação. E não estou. Tudo bem, estou em franca negação, mas preciso dela me apoiando e concordando comigo até que todos os sentimentos de que estou tentando me convencer se tornem verdade.

Minha torcida é para que o estúdio e Xander não sejam um pacote. Não estou preparada para encontrá-lo no momento. É bem possível que ele tenha ligado para o estúdio e informado sobre a visita da banda. Ele não precisava estar lá. É o que repito a mim mesma durante os quinze minutos que passamos dentro do carro, enquanto os membros da banda conversam, animados. Passamos por uma guarita de segurança, um portão de ferro e uma alameda de lajotas de cerâmica. No segundo em que vejo uma fonte enorme e uma casa com mais janelas do que consigo contar, percebo que o estúdio e Xander são, sim, um pacote. Eles moram no mesmo lugar.

Xander nos recebe na frente da casa, e tento ficar escondida atrás do grupo. Fico me perguntando qual deveria ser o tamanho da minha vergonha por causa do meu comportamento nos últimos dois meses. Ele havia percebido que meu coração disparava cada vez que ele se aproximava? Eu tinha olhado para ele com aquele olhar idiota e apaixonado? Skye percebeu. Ele também, provavelmente. E agora ele vai pensar que pedi para a banda me levar à gravação só para poder vê-lo.

— O estúdio fica lá no fundo — Xander avisa quando os meninos começam a pegar os instrumentos da van. O som da voz dele faz meus olhos arderem de novo. Que raiva de mim. Ele continua: — Vocês decidem o que é melhor, mas, se não quiserem carregar tudo isso, o estúdio já tem todos os instrumentos.

— Legal — Mason responde e deixa a guitarra dentro do carro. Henry fecha a porta traseira.

— Vamos lá — diz Xander. Ele demora um minuto para me ver ali. Eu tinha me escondido bem atrás de Skye, do baixista, Mike, e do baterista, Derrick. Ele franze a testa. — Oi. Não sabia que você viria.

— Nem eu. — Sei que pareço boba e estridente, porque minha garganta está apertada, mas tento fingir que está tudo bem.

Xander hesita por um segundo, quase como se quisesse falar mais alguma coisa.

— Bom, vamos lá. — Ele acena chamando todo mundo. Percebo que está esperando que eu o acompanhe, que ande ao lado dele. Sei disso porque o vejo olhar para trás algumas vezes enquanto atravessamos o enorme jardim, passamos pela piscina e pela quadra de basquete. Mas fico onde estou, entre dois quase desconhecidos, ouvindo a conversa deles.

Vou provar para Xander que sei que somos apenas amigos. Que sempre fomos só amigos, e ele não precisa se preocupar comigo pulando em cima dele.

— Tudo bem, pessoal — ele diz ao abrir a porta, depois deixa as chaves e o celular na mesinha à esquerda da entrada. — Fiquem à vontade com os brinquedos. Vou ligar o equipamento. — A banda ataca imediatamente os instrumentos, enquanto Xander vai até o outro lado de uma divisória de vidro e começa a mexer em botões e controles deslizantes. Skye se acomoda em um sofá atrás de Xander, e eu me junto a ela.

Xander fecha as duas portas, uma que leva para o lado de fora e a que separa a área onde os membros da banda já estão tocando, isolando o som. Ele sorri para mim quando volta aos controles, e fico furiosa por meu coração ainda não ter recebido a atualização sobre a namorada, já que continua disparando por causa daquele sorriso.

— Tem refrigerante e outras coisas na geladeira, se estiverem com fome. — Ele aponta para um frigobar de aço inox no canto, depois vira, coloca o fone de ouvido em uma orelha só, aperta um botão no painel diante dele e fala pelo microfone: — Toquem a música algumas vezes, e eu aviso quando for hora de gravar.

Ele solta o botão e gira na cadeira para olhar para nós. Seria muito mais fácil se Xander fosse menos... menos o quê? Confiante? Atraente? Paquerador?

Bom, pelo menos esse último já seria ótimo. Por mais que o cérebro tenha me lembrado dos fatos, Xander *é* um paquerador. Se fosse meu namorado e tivesse se aproximado de uma garota como se aproximou de mim, eu ficaria furiosa.

— Que foi? — ele pergunta.

— O quê?

— Você estava me encarando.

126

— Não estava — protesto.

— Estava sim. Não estava? — ele pergunta para Skye.

— É, estava.

— Bom, estou tentando decidir que motivos você tem pra viver.

— Como é que é?

Abro os braços para mostrar o estúdio incrível no meio do quintal da casa dele.

— Como você consegue sair da cama todos os dias com um futuro tão deprimente?

— Na verdade, alguém está me auxiliando com isso. Espero que ela possa me ajudar a descobrir o que eu vou fazer no futuro.

A resposta me faz lembrar por que nos aproximamos. De acordo com Xander, estávamos "na mesma situação". Talvez ele só acreditasse que eu o entendia melhor que as outras pessoas. Não entendo. Somos completamente opostos.

A porta de ligação com o espaço da banda é aberta, e Mason se joga sobre o colo de Skye e o meu, apoiando a cabeça perto da minha.

— Tudo pronto — ele diz para Xander.

— Tudo bem. — Xander espera um instante, provavelmente pensando que Mason vai levantar, depois movimenta a cabeça para indicar sua panturrilha. — Tatuagem legal.

— Obrigado. Falando nisso... — Mason olha para mim, pega uma mecha do meu cabelo e a enrola em um dedo. Imediatamente me sinto grata pelo gesto de atenção. Assim me sinto menos idiota por como tenho me comportado com Xander. É como uma demonstração de que não estou suspirando por ele. — Sua mãe foi sarcástica hoje, ou você acha que ela gostou mesmo da tatuagem?

— Minha mãe não faz o tipo sarcástica.

Mason ri.

— Sério? E como você dominou a arte tão bem? Seu pai é muito sarcástico?

Como se sentissem que o pior de todos os assuntos havia sido abordado, os outros membros da banda entram na sala, que já é bem pequena. Sinto um aperto no peito e a vontade de dizer que não sei se meu pai é sarcástico, porque nem o conheço.

— Ela não tem como saber — Skye fala, o que não me ajuda em nada.

— É mesmo? — Mason estranha. — Você não conhece o seu pai? Quero saber essa história.

Mudo de posição tentando pensar em uma piada que me tire desse assunto.

Xander olha para o relógio.

— Pessoal, meu tempo aqui é curto. Vamos continuar.

Ele olha para mim por um instante, provando que fez isso por mim.

Mason rola do sofá e parece ter esquecido meu pai tão depressa quanto se interessou por ele. Queria poder esquecer com a mesma facilidade.

A banda toca na nossa frente, e é como assistir a um filme mudo. Com os fones de ouvido, Xander vai ajustando os controles. Não sei para que servem todos aqueles botões, mas ele sabe, é evidente. Skye levanta e vai pegar um refrigerante na geladeira.

— Quer um? — me oferece.

— Não.

Ela volta e senta a meu lado no sofá.

— E aí, como está?

— Bem.

— Eu entendi, aliás.

— Entendeu o quê?

— O que você viu nele. O cara tem alguma coisa.

Não estamos falando alto, e Xander usa os fones de ouvido, mas mesmo assim quero fazer Skye ficar quieta.

— Já falei que acabou. A namorada dele é atriz, Skye.

Ela revira os olhos.

— Grande coisa. Lute por ele.

Fico em pé para ver se gasto um pouco da energia nervosa que estou sentindo.

— Não é uma competição se alguém já ganhou.

O celular de Xander toca em cima da mesinha onde ele o deixou. É óbvio que ele não escuta, porque nem reage. Estou a menos de um metro e meio do aparelho, e a curiosidade me faz olhar para a tela iluminada. A primeira coisa que vejo é a foto: uma garota sorridente de cabelo escuro. Não preciso ler o nome para saber quem é, mas leio assim mesmo. Sadie.

— Viu? — Levanto uma sobrancelha para Skye.

— Sério?

Assinto. Em seguida, olhando para as costas de Xander e para a banda do outro lado do vidro, cedo ao mais estranho dos impulsos, pego o celular e atendo.

— Alô?

Skye abre a boca de um jeito que tenho medo de ela deslocar o maxilar.

— Alô? Xander? Não estou ouvindo bem. Estou no carro. — A voz dela é clara do outro lado. Já vi Sadie Newel em alguns filmes, e essa versão não tem o mesmo tom sofisticado do cinema.

Agora que atendi, não sei o que dizer.

— Espera um minuto, vou chamar o Xander.

— Não consigo ouvir nada. O quê? Ai, escuta, a ligação está péssima, mas preciso da sua mágica. Eu ligo de novo quando chegar ao hotel.

O telefone fica mudo, e eu o largo sobre a mesa como se ele estivesse prestes a explodir.

Skye dá risada.

— Você é maluca.

— Ela não sabe que era eu. Vai ligar de novo mais tarde.

Xander gira na cadeira, e eu levo um susto.

— Alguém quer ouvir? — Ele tira os fones e estende a mão em uma oferta.

— Sim. — Skye levanta e se aproxima. Quando está sentada na cadeira ao lado de Xander, ouvindo a música, ele vira para me encarar.

— E aí, por que não isso? — pergunto e volto a sentar no sofá.

— O quê?

— Por que você não trabalha com produção musical? Parece que você é apaixonado por essa área.

Ele empurra a cadeira para a frente, até seus joelhos tocarem os meus.

— Meu pai nunca liberaria dinheiro para isso.

Olho para nossos joelhos e penso se não devia tirar proveito das rodinhas da cadeira e empurrá-lo para longe. Ignoro o impulso.

— Mas construiu o estúdio?

— Meu irmão é violonista clássico. O estúdio deveria ser uma válvula de escape, um jeito de dar vazão à criatividade. Um hobby. Passei muito tempo aqui com ele aprendendo essas coisas. Mas música não é carreira, na opinião do meu pai.

— Pensei que você não se importasse com o que seu pai pensa.

Ele fecha um pouco os olhos como se considerasse meu comentário.

— Acho que me importo com o que o dinheiro do meu pai pensa. — E massageia a nuca. — Sem dinheiro, não posso me livrar dele. É uma faca de dois gumes.

Entendo o que Xander diz: ele precisa do dinheiro do pai para ir para a faculdade, construir a própria carreira e ganhar o próprio dinheiro. Mas não sei se Xander só se importa com o dinheiro mesmo. Ele parece fazer um esforço enorme para incomodar o pai. Estou começando a pensar que ele se importa muito com o que o pai pensa.

Do outro lado do vidro, Mason canta com os olhos fechados. E eu acho ridículo.

Xander bate no meu joelho com o punho fechado e chama minha atenção.

— Fico feliz que você tenha vindo. Não pensei...

Inclino a cabeça e espero a conclusão da frase.

— Depois do último sábado... E você devolveu a minha câmera sem falar nada... — Seus olhos procuram os meus.

— O quê? — pergunto, louca para saber por que ele não conclui nenhum pensamento. O que está deixando de dizer. Está tão incomodado quanto eu com a maneira como deixamos a situação?

— Não vou estar na cidade no fim de semana, mas no próximo sábado... ainda está de pé?

Pisco uma vez. É isso que ele quer? Mais dias da profissão?

Skye grita e eu me assusto.

— Foi incrível! — Ela levanta da cadeira.

Xander também levanta, se aproxima do painel e aperta o botão do microfone.

— É isso aí. Muito bom, pessoal. — Ele se aproxima da mesa, pega as chaves e o celular, guarda tudo no bolso e olha para mim como se pedisse desculpas. — Eu não sabia que você viria. Tenho pouco tempo. — E olha o relógio. — Preciso estar no aeroporto em vinte minutos.

— Tenho certeza que conseguimos sair daqui sozinhos.

— A gente se vê no outro sábado?

Quero responder: "Não sei, você devia falar com a sua namorada antes. Ela acabou de ligar. Não acha melhor perguntarmos pra ela?" Mas não falo nada disso. Só assinto. Porque, com ou sem namorada, eu quero vê-lo no sábado. Aparentemente estou mais longe do que pensava de superar Xander, e me odeio por ser tão fraca.

Na segunda-feira de manhã, quando estou dando tchau para minha mãe e pegando a mochila, alguém bate na porta. Espio e vejo Xander lá fora segurando dois copos. Meu coração dá um pulo e para na garganta. Não, não, não, não, não. Isso não pode estar acontecendo. Ele tem namorada. Se eu soubesse...

Meu coração acelera quando ele sorri. Se outra parte minha, além do coração, soubesse que temos alguma coisa, eu poderia abrir a porta agora e enfrentar o risco de desapontar minha mãe.

— Quem é?

Não é uma boa hora para isso. Minha mãe e eu nos aproximamos de novo. Balanço a cabeça para dizer que não, mas, em vez de ir embora, Xander levanta um copo e sorri, como se dissesse: "Não vou embora, melhor me deixar entrar".

Fecho um pouco os olhos e dou um sorrisinho. Se ele quer jogar desse jeito, tudo bem. Vamos jogar.

— Ah, acho que é o neto da sra. Dalton. Ele veio na loja outro dia para pegar uma boneca que ela encomendou. Vou avisar que hoje só abrimos às nove e pedir para ele voltar mais tarde.

— Ah, não, meu bem. A sra. Dalton é a nossa melhor cliente. Melhor abrir e ver o que ele quer.

Ou isso. Droga.

Destranco a porta lentamente.

— Oi — falo ao abri-la. O cheiro conhecido entra com a brisa e não ajuda a acalmar meu coração. Respiro fundo. — Ainda não abrimos a loja. Sua avó precisa de alguma coisa?

Ele bebe um gole do copo antes de colocá-lo na minha mão. Eu me encolho. O gesto é suficiente para fazer minha mãe pensar que ele é a pessoa mais indecentemente rica do mundo querendo que eu segure sua bebida enquanto ele faz compras.

— Quero conhecer a sua mãe — Xander fala, alto o bastante para ela ouvir.

— Sim, minha mãe sabe mais do que eu sobre bonecas. — Viro para trás. — Mãe, ele... hum... Desculpa, como é mesmo o seu nome? Wellington ou algo assim?

Vejo a confusão surgir na forma de ruga entre seus olhos, mas também percebo que ele está se divertindo.

— Não, não é isso. É...

— Xander.

— Isso. Sabia que era alguma coisa estranha.

— Caymen — minha mãe interfere. — Desculpe, minha filha é muito sarcástica. Ela está brincando.

— Na última vez em que esteve aqui, o Xander estava muito interessado nas bonecas dorminhocas. Você não disse que sentia o coração se alegrar só de olhar para elas?

— Não lembro de ter dito isso, mas acho que é uma coisa que eu diria, sim.

Dou risada, mas mordo o lábio para me controlar.

— Talvez você possa mostrar nossa coleção para ele, mãe.

Ela olha para mim e inclina um pouco a cabeça, evidentemente confusa. Ela vai me pressionar. Deve ter percebido que já conheço Xander. Tenho que sair daqui. Balanço o copo cheio de chocolate quente, fingindo que está vazio.

— Tem uma lata de lixo lá fora. Eu cuido disso pra você. — Olho para minha mãe mais uma vez. — Vou me atrasar. Vejo você depois da aula.

— Tenha um ótimo dia, meu amor.

Vou embora, mas não sem antes olhar para Xander com os olhos bem abertos e cheios de falsa inocência. A tristeza me acompanha, e não consigo decidir se é porque acabei de mentir para minha mãe outra vez, ou porque quero muito que ela conheça Xander. Não só conheça, mas goste dele.

Estou a uns dez passos do colégio quando duas mãos seguram meus braços por trás, me obrigando a parar.

— Você é uma peste. Sabe disso, não sabe? — Xander fala bem perto da minha orelha.

Ele me solta e eu viro sorrindo.

— Não, você que é. Eu disse que não queria que você conhecesse a minha mãe agora. Mas você não respeitou a minha vontade.

— É verdade. Eu queria provar que todas as mães gostam de mim. E a sua não é exceção. Ela me amou.

Meu coração falha por um segundo.

— Sério?

— Eu não sabia que ia me custar cento e cinquenta dólares para provar, mas ela ficou encantada.

Ah. É claro que ela o amou. Ele é um cliente.

— Você comprou uma boneca? — Ele não está segurando um pacote, por isso o agarro pelas lapelas da jaqueta e olho dentro dela.

— Não está *em* mim, mulher. Eu guardei no carro.

— Qual você comprou?

— Você acha que eu lembro?

— Eu sei que lembra.

— A Daphne.

— Comprou uma chorona?

— Sim, eu estava meio frustrado, e aquela boneca chorona representa muito bem o meu humor. Vou dar de presente para a minha avó no próximo aniversário dela. — E olhou para baixo. — Você pensou que eu tivesse escondido a boneca no casaco?

Percebo que ainda estou agarrada à jaqueta dele.

— Se o seu ego cabe aí dentro, qualquer coisa é possível.

Quando estou soltando as lapelas, ele põe as mãos sobre as minhas e as segura contra o peito.

Agora eu olho para o colarinho aberto da camisa de grife, tentando fingir que ele não está me encarando. Colegas de turma passam por mim a caminho da aula, e sinto os olhares.

— Pensei que você estivesse fora da cidade.

Ele dá de ombros.

— Já voltei.

— Não esperava te ver antes do sábado. — Minha voz está meio ofegante.

— Não consegui esperar.

Meu coração bate forte e ecoa nos ouvidos.

— O que aconteceu na outra noite, aliás?

— Como assim? — Ele fala com uma voz suave, ou eu não escuto direito por causa do coração disparado.

— A crise da década no hotel. Encontrou a camisa?

— Sim. Só precisei ir até Los Angeles.

Certo. Los Angeles, o lugar onde ele encontrou Sadie Newel. Meu bom humor desaparece depressa.

— Só isso?

Xander assente, e estou quase soltando as mãos quando ele diz:

— Quer ir comigo à festa beneficente?

— Quê?

— Daqui a duas semanas. Eles vão dançar, fazer fofoca, arrancar dinheiro das pessoas. Para minha mãe, isso é caridade.

— Outro dia da profissão?

— Não.

Encaro os olhos dele. Não seria mais adequado convidar a namorada?

— Já tenho planos para essa noite.

— O que você vai fazer?

— Evitar uma festa beneficente. — Sorrio. — Tenho que ir. Estou muito atrasada. — Por que meus pés não se movem?

— Tchau, Caymen. — Xander solta minhas mãos.

Abaixo os braços, mas me surpreendo ao abraçá-lo. Ele corresponde, e me demoro mais do que deveria nesse abraço. Por que não consigo simplesmente me afastar de Xander Spence sem olhar para trás? Ouço o último sinal dentro do prédio.

— Tenho que ir. — Eu me afasto e viro para entrar na escola.

— Caymen.

Eu paro e viro para trás.

— Sim.

— O funcionário que não soube usar o ferro de passar roupa...

— Sim?

— Ele não foi demitido. Sei que você se incomodou com isso, então... ele não foi demitido.

Por que a notícia me faz sentir vontade de chorar?

— Legal. Talvez ele deva participar do próximo dia da profissão que eu organizar para aprender a passar suas camisetas direitinho.

— Eu transmito o convite.

Naquela tarde, quando estou sentada no caixa da loja fazendo a lição de casa e minha mãe está limpando os balcões, ela ri.

— Que foi? — pergunto.

— O neto da sra. Dalton.

— O Xander?

— Sim, o Xander. Ele disse uma coisa engraçada hoje de manhã.

— Ah, é? — pergunto, esperançosa. Talvez ele tenha realmente impressionado minha mãe. Talvez ela não se aborreça por estarmos tão próximos.

— Não acreditei quando ele pediu pra você jogar o copo dele no lixo. Depois que você saiu, ele me contou que gosta do seu nome e que esteve nas ilhas Cayman no ano passado. Perguntou quantas vezes eu estive lá, como se todo mundo pudesse ir aonde quisesse e quando quisesse.

Normalmente sou eu quem debocha dos ricos, e ela me diz para não fazer isso. Durante anos essa reação me irritou, porque eu sabia que ela sentia a mesma coisa que eu. E agora ela decide rir da cara do Xander? Estou com um nó na garganta e duvido que consiga falar alguma coisa. Mas tento.

— Ele parece ser legal.

Minha mãe dá de ombros.

Adoto uma atitude defensiva.

— Você vai ver o Mason hoje? — ela pergunta.

A repentina mudança de assunto me deixa sem fala.

— Eu gosto do significado daquela tatuagem. Não sou muito fã de tatuagens, são muito permanentes, mas gosto da mensagem da dele.

— Aceitação? — Eu queria que ela percebesse quanto isso é irônico, depois do que acabou de falar.

— Sim, uma bela mensagem. Ele deve conhecer muita gente que não o aceita de imediato. Fico feliz por você ter sido capaz de enxergar além disso.

— Além do que, exatamente, mãe? Da cor da pele?

— Quê? Não. Não tem nada a ver com cor da pele. Caramba, Caymen, do que você acha que eu estou falando?

— Não sei, estou tentando entender. — Eu sei do que ela está falando: o piercing na boca, a tatuagem, o tique nervoso... mas estou irritada demais para facilitar. Minha mãe realmente não enxerga a hipocrisia do que está dizendo? — Vou fazer minha lição lá em cima.

— Tudo bem.

Estou na porta quando entendo: ela acha que tem alguma coisa entre mim e Xander. Por isso falou essas coisas. Por isso diminuiu Xander e enalteceu Mason. É seu jeito sutil de me guiar na direção que ela quer que eu tome. Só pode ser isso. Quero voltar e perguntar se estou certa. Mas que importância tem isso, se Xander tem namorada?

Lá em cima, passo pela bancada a caminho do meu quarto e vejo outra conta em um envelope cor-de-rosa. Toda minha irritação se une imediatamente à preocupação. Não sei de que emoção gosto menos.

25

Skye e eu olhamos a arara no Exército de Salvação, e tento não pensar demais.

Ela suspira.

— Acho que eu não entendo o que aconteceu.

— O que tem pra entender? Ele namora. Fim da história.

Não vi Xander nos últimos dias, e sempre que ele está longe consigo pensar nas coisas com mais clareza.

— Mas o jeito como ele olha para você é... — Skye para, talvez por perceber que não está ajudando muito. — Desculpa. Deixa pra lá. — Ela pega uma blusa e olha para mim com as sobrancelhas levantadas.

— A cor não combina com você.

Ela devolve a peça à arara.

— E o Tic? Ele gosta muito de você.

— O Mason gosta do que estiver na frente dele no momento.

— É, ele tem a capacidade de concentração de um inseto, mas acho que pode melhorar. — Skye mostra outra camiseta, e eu assinto. Ela a pendura no braço com outras roupas. — O Tic é um cara incrível, se você o conhecer de verdade. Eles vão tocar no The Beach amanhã. É muito importante para eles. Você devia ir.

Eu devia ir. Mason é realmente uma boa possibilidade para mim. Minha mãe gosta dele. Minha melhor amiga gosta dele. Sei que eu também poderia gostar dele, se não tivesse outra pessoa no caminho.

Minha mão para no vestido preto. O que encontrei quando estive aqui com Xander. Estou surpresa por ainda encontrá-lo no mesmo lugar. É incrível. Pego o vestido e deslizo a mão pelas contas do bordado.

Skye exclama:

— Que lindo.

Devolvo o vestido à arara e passo para a peça seguinte, um macacão de elastano horrendo.

— Ah, de jeito nenhum — diz ela, pegando o vestido de volta. — Leva este aqui.

— Não.

— Sim.

— Por quê? Onde eu usaria esse vestido?

— Não importa. Se você encontra alguma coisa assim, tem que comprar. É o tipo de vestido que você cria um evento para usar.

Mordo o lábio.

— Eu não tenho quarenta dólares.

— Eu tenho. Vou comprar o vestido pra você. Vai ser um presente de "sinto muito por você ter se enrolado com um cara rico".

Dou uma risadinha.

— Eu te pago quando puder.

Skye estava certa: o The Beach (uma boate que recebeu um nome bem literal) é um espaço muito maior que os outros, e me surpreendo com o número de pessoas na plateia do show da The Crusty Toads. As ondas rolam atrás do grande palco, e o vento salgado só intensifica o clima da apresentação. É um excelente show, mas já estou planejando minha saída breve e estratégica. Não vamos conseguir conversar com o pessoal da banda depois, não com tanta gente disputando a atenção dos garotos.

Skye fez camisetas com uma estampa horrorosa de um sapo achatado, e estou usando uma delas, apesar de detestá-la.

— Mais duas músicas e vou ter que ir embora — grito para ela enquanto Mason canta com sua voz suave e doce.

— Sabia que você ia tentar sair mais cedo, por isso fiz planos pra gente depois do show.

— Planos? Como assim?

Ela indica o palco com um aceno de cabeça.

— Os garotos querem sair.

Olho para Mason no palco, e ele me vê. Canta dois versos da canção olhando para mim e, depois disso, entendo por que as garotas o perseguem. Meu coração dá um pulinho.

— Tudo bem, eu fico.

Skye ri.

— É claro que fica.

Quando a última música acaba, imagino que Mason vai desaparecer atrás do palco, como fez no último show a que assisti, mas não é o que acontece. Ele solta o microfone, pula do palco e desvia de mãos estendidas enquanto vem em minha direção.

Quando ele chega, meu coração está na garganta.

— Oi. — Essa única palavra transmite tanta emoção que entendo por que ele é um cantor tão incrível.

— Oi.

Mason segura minha mão.

— Não vá embora.

— Não vou.

Ele se afasta. Volta ao palco e o contorna, atravessa uma fileira de homens grandalhões e desaparece. Eu o acompanho com os olhos e saio do transe quando ele some de vista.

— Eu disse que ele está maluco por você.

Percebo que esse gesto rápido chamou muita atenção. Tem muita gente olhando para mim.

— Preciso de água — falo.

— Traz um refrigerante pra mim? — Ela me dá uma nota de cinco dólares.

Descalça, ando pela areia pensando que devia ter deixado os sapatos no carro, em vez de usar o serviço de chapelaria. Vai ser uma eternidade para pegá-los de volta. Um cara sentado no bar parece vagamente familiar. E, considerando que ele está olhando para mim, deve me reconhecer também. Não consigo lembrar quem é, e revejo mentalmente todas as minhas turmas da escola. Dá para perceber que ele está fazendo a mesma coisa quando, finalmente, seus olhos se iluminam com o reconhecimento. E agora ele está em vantagem, porque continuo sem saber quem é.

— Você é a amiguinha do Xander, não é? — O comentário transborda arrogância.

No momento em que faz a pergunta, lembro que ele é Robert e estava naquele restaurante francês. O que pensei que tinha me chamado de vira-lata. Começo a achar que Xander mentiu quando disse que eu estava enganada.

— Isso. Oi. — Eu me apoio no balcão e peço uma água e um refrigerante.

Quando o garçom vira para ir buscar meu pedido, Robert pergunta:

— O Xander arrumou para você entrar?

Estreito os olhos. Agora que Xander não está ali, não sinto necessidade de ser tão educada.

— Não. Eu conheço o pessoal da banda. Como *você* entrou?

Ele ri e me olha da cabeça aos pés.

— Dá para entender o que ele viu em você. Você tem lindos... olhos. Quando o Xander cansar de te dar moral, vamos combinar alguma coisa.

Nunca pensei que pudesse ter o impulso de jogar refrigerante em alguém, mas minhas mãos reagem automaticamente. Só que ele também tem instintos. Provavelmente decorrentes de uma vida inteira de gente querendo jogar refrigerante nele. A mão agarra meu pulso a tempo.

— Não é uma boa ideia — ele me diz, e algumas gotas de refrigerante caem do copo. — Minha camisa custa mais que o seu aluguel.

— Pena que você teve que vender a alma pra pagar por ela.

— Está tudo bem? — Mason se aproxima por trás de mim e enlaça minha cintura.

Estou quase matando alguém, só isso.

— Vamos sair daqui.

— Você é bem rodada, hein — Robert fala quando me viro.

Tenho que fazer um esforço enorme para não jogar o refrigerante nele, com copo e tudo.

— Quem era aquele? — Mason pergunta conforme nos afastamos.

— Ninguém em quem valha a pena pensar.

Mas não consigo parar de pensar nele. Robert é *amigo* de Xander. É assim que Xander se comporta quando eu não estou perto? Estou furiosa.

— Caymen? — Mason pega a garrafa de água e segura minha mão.
— Eu preciso bater naquele cara?

Aperto a mão dele com força.

— Não. Não vale a pena — digo a mim mesma de novo. Mas sei que não tem a ver com Robert, não mais. E estou tentando decidir se essa ideia ainda é válida.

Na noite seguinte, decido que preciso terminar de criar o site que fui elaborando aos poucos nas últimas semanas. Abro as fotos no computador. Infelizmente para mim, além do trabalho com as bonecas, abro também todas as fotos de Xander na suíte do hotel. Até em fotografia aquele sorriso me derrete.

Olho as imagens, parando naquelas em que o fiz rir. Na fotografia que a revista publicou, ele nem sorria ao lado de Sadie Newel. Provavelmente ela não consegue fazê-lo rir. Deixo escapar um grunhido frustrado. *Quem se importa, Caymen? Ele está com ela.* Tento apagar as fotos de Xander, mas não consigo. Em vez disso, agrupo as fotos das bonecas em uma pasta e trabalho dentro dela para não ter mais que ver os olhos cor de âmbar de Xander.

Acrescento nomes e preços embaixo das bonecas.

— É o novo site do fornecedor? — minha mãe pergunta ao entrar na cozinha.

— Não. — Sorrio. Eu tinha a intenção de surpreendê-la quando o site estivesse pronto, mas estou perto disso, e preciso compensá-la pelo modo como a tenho tratado ultimamente. Passo das fotos para o layout do site. — Estou trabalhando em uma coisinha para a loja.

Ela para atrás de mim. Na tela tem um banner que anuncia: "Dolls and More". Eu havia pensado em tirar o "and more", mas agora já é como uma tradição. E talvez pudéssemos acrescentar mais coisas de fato quando o site entrar em funcionamento, para justificar o "and more". Rolo a tela onde tem o nome da minha mãe e seus contatos.

— Quero pôr uma foto sua aqui. A gente pode tirar na frente da loja, ou perto da vitrine.

— O que é isso?

— É um site que estou criando para a loja. — Abro as mãos ao lado do corpo e acrescento: — Surpresa! — fingindo um gritinho.

— Um site. — A voz dela é baixa, neutra.

— Vai ser ótimo, mãe. Vai ajudar a melhorar os negócios, aumentar as vendas. É o próximo passo no nosso crescimento.

— Não.

Sem dizer mais nada, ela vai para o outro lado da bancada da cozinha. Estou confusa.

— Não?

Ela pega um copo no armário e enche com água da torneira.

— Não quero um site.

Apesar de não termos TV a cabo, celular ou um computador mais novo, minha mãe não é contra tecnologia. Não temos essas coisas porque não podemos comprá-las.

— É barato, mãe. Menos de vinte dólares por ano pelo domínio, e nós mesmas podemos alimentar. Você pode cuidar do site quando ele for ao ar. É muito fácil e...

— Já falei que não, Caymen. Não quero.

— Por quê?

— Porque não.

— Isso não é resposta, mãe, é um ponto-final na conversa.

— Ótimo, porque essa conversa acabou mesmo. — Ela bate com o copo na bancada, e eu me surpreendo por ele não quebrar. Em seguida, vai para o quarto.

Fecho as páginas que estavam abertas no computador e tento manter a calma. O que quero fazer, na verdade, é jogar o computador no chão. Não jogo. Apago a tela, desço a escada devagar e saio. Depois corro. Não paro até sentir as bochechas entorpecidas, os pulmões perto de explodir e as pernas doendo.

144

Quando volto à loja, estou pingando suor e sentindo necessidade de conversar sobre isso com alguém. Pego o telefone e ligo para a Skye. A ligação cai na caixa postal. Meus dedos batucam um ritmo impaciente na parede, então decido não deixar recado.

Eu devia ligar para o Mason. Mas não ligo.

Pego uma pasta embaixo do balcão e abro em cima da nossa agenda gigante. Encontro o número da sra. Dalton.

Quase perco a coragem quando ouço os toques do outro lado da linha.

— Alô. — É a sra. Dalton.

— Oi... — *Foi engano.* Fico perturbada quando percebo que são mais de nove da noite. Ela já estava dormindo? — Desculpe por ligar tão tarde. É a Caymen... da loja de bonecas.

— Não é tarde, e eu só conheço uma Caymen — ela responde. — Como vai?

— Tudo bem.

— Eu encomendei alguma coisa? Não lembro, mas isso não quer dizer que não tenha encomendado.

— Como se fosse possível a senhora esquecer as encomendas que faz!

— É verdade. Está ligando para saber se eu morri, então? Posso parecer velha, mas só tenho sessenta e sete anos.

— Sério? Pensei que tivesse quarenta e poucos.

— Boa tentativa.

Respiro fundo.

— Queria saber se a senhora pode me dar um número de telefone. Acho que ele mesmo teria me dado, o que significa que não estou tentando fazer alguma coisa que ele não gostaria. Ele mesmo já me ligou uma vez. Acho que ele não vai se importar se eu telefonar.

— Respira, meu bem.

— Desculpa.

— Você quer o número do telefone do Alex? Ele é encantador, não é?

— Não. Quer dizer, sim, ele é, mas nós somos só amigos. — E no momento eu preciso de um amigo.

— Foi o que pensei.

Dou risada. A sra. Dalton é engraçada.

— Vou pegar o número para você. Tenho um aparelho moderno que pode armazenar centenas de números, mas ainda anoto todos na minha cadernetinha vermelha.

Percebo que eu estava prendendo o fôlego.

— Posso falar? — a sra. Dalton pergunta.

— Sim. — Anoto o número na agenda. — Muito obrigada.

— Por nada. Diz para ele que eu mandei um oi.

Desligo e passo muito tempo olhando para o número. Quero falar com ele. Preciso falar com ele. Mas tudo se contorce dentro de mim. Fecho os olhos e, quando os abro de novo, ligo rapidamente, antes de mudar de ideia. O telefone toca três vezes, e sinto os segundos passarem entre um toque e outro.

Finalmente ele atende.

— Alô. — A voz familiar me faz relaxar automaticamente. Ele não é como Robert. Se fosse, teria desaparecido no instante em que descobriu que eu moro em cima de uma loja de bonecas. Fico mais tranquila ao pensar nisso.

— Alex? — Não sei por que o chamei desse jeito. Provavelmente porque foi o nome que anotei ao lado do número de telefone quando a sra. Dalton se referiu a ele.

— Caymen?

— Sim. Oi.

— Alex?

— Desculpa. Eu me confundi. Estava falando com a sua avó.

— Não me diga.

Deito no chão ao lado do caixa e me sinto um pouco como a Skye enquanto olho para o teto. Essa posição favorece a reflexão. Por isso ela passa tanto tempo assim.

Ficamos em silêncio por um bom tempo, até ele dizer:

— Precisa de alguma coisa?

De você.

— Preciso do meu chocolate quente matinal, porque alguém me levou para o vício e depois interrompeu o fornecimento.

— Isso é um jeito sutil de dizer que sentiu minha falta na semana passada?

— Senti falta do chocolate quente. Penso em você somente como o cara que o traz para mim. Quando esqueço o seu nome, falo que você é o cara do chocolate quente.

Ele dá uma risadinha, e eu me pego querendo poder ver seu rosto, ver como seus olhos se iluminam quando ele sorri.

— E eu senti falta do seu humor.

— Compreensível. — Meu coração bate forte. — Não agradeci por ter me emprestado a câmera.

— Então você terminou o site? Qual é o endereço? Quero ver as bonecas sugadoras de alma na minha tela. — Ouço barulho de papel do outro lado e imagino se ele está mexendo nas coisas em cima da mesa para alcançar o computador.

— Não. Não tem endereço. A minha mãe não quer.

— Ah. Por quê?

— Não sei, na verdade. Eu ia fazer uma surpresa para ela, mostrar o que tinha criado, mas ela nem quis saber. Nem me ouviu. Disse que não queria e ponto-final. E ela não é assim.

— O que você pôs no site?

— Mas é exatamente isso. Só mostrei para ela o banner e as informações de contato. Estava falando sobre colocar uma foto dela.

— A sua mãe não gosta de ser fotografada?

Apoio os pés na parede e deixo a mão livre vagar acima da cabeça.

— Ela não se incomoda.

— Talvez ela não queira divulgar na internet o rosto dela com o endereço de onde vocês moram. Ninguém quer postar o próprio rosto e o endereço de casa. Eu entendo por que ela ficou preocupada, pessoas estranhas saberiam onde vocês moram. Não dá para excluir as informações pessoais?

Eu tinha parado de respirar. Só sei disso porque percebo que os limites do meu campo de visão ficam pretos. Respiro. Ela tem medo de que estranhos descubram onde moramos, ou teme por uma pessoa específica?

Meu pai.

— Caymen? Tudo bem?

Respondo com um ruído, porque não confio em minha voz. Minha garganta ficou apertada. Não sei se as palavras passariam por ela.

— Tem certeza?

Engulo.

— Sim. Acho que você pode estar certo. — Considerando a dor na garganta, fico surpresa quando ouço minha voz normal.

— Eu sempre estou.

— Você acha que ele já tentou? — Demoro um instante para perceber que falei isso em voz alta e mais um para compreender que Xander respondeu e está esperando que eu responda uma pergunta que nem ouvi. — O quê?

— Eu perguntei: "Quem já tentou o quê?"

Sento com esforço, depois fico em pé. Deitar deixa meus pensamentos livres demais.

— Esses estranhos a quem você se refere. Você acha que eles tentariam nos encontrar para seus propósitos sinistros?

— Que propósitos sinistros são esses?

Apoio as costas na parte de trás do balcão e, com uma caneta preta, rabisco em volta do número de telefone que anotei na agenda.

— Ah, as coisas que a gente espera que estranhos façam... como nos oferecer doces e nos chamar para procurar o seu cachorrinho perdido.

— Não caio nessa.

— E não deve mesmo. É um truque para convencer as pessoas a entrarem no carro e levá-las embora. Fico feliz por você não cair nessa.

— Estou falando da sua piadinha. Eu sei que às vezes você usa o humor para esconder as coisas.

— Você me superestima. Sou tão superficial quanto pareço, na verdade.

— Duvido. E a resposta para a sua pergunta é sim. Acho que o seu pai tentou encontrar vocês. Que pai não ia querer conhecer a filha?

— O tipo de pai que foge até da ideia da minha existência. — Não sei por que estou falando sobre isso. Tem um motivo para eu evitar esse assunto. É como se alguém cutucasse cada milímetro da minha pele com uma agulha, me deixando em carne viva e exposta.

— Se ele tivesse conhecido você, nunca teria conseguido ir embora.

Fecho os olhos. Que tipo de homem pode fugir assim? Deixar minha mãe naquele estado. O tipo que está morrendo de medo. Temendo o que eu poderia fazer com seu futuro. Eu estraguei futuros: minha mãe é a prova disso. Ele era só um garoto, na verdade, com um futuro tão cheio de possibilidades e dinheiro para realizá-las. Provavelmente ele era muito parecido com Xander. Por isso, quando minha mãe viu Xander, viu também o próprio passado.

— Você teria sido capaz de ir embora?

— Nunca.

Não consigo decidir se isso me faz sentir melhor ou pior.

— É isso que me faz pensar que ele tentou, Caymen. Um arrependimento como esse não passa.

Presumindo que ele tenha se arrependido.

— Quanto pode ser difícil encontrar uma menina?

— Talvez sua mãe não tenha contado que ele tentou.

— Minha mãe não esconderia isso de mim. — Enquanto falo, vejo a agenda em que ela anotou uma "reunião da associação de lojistas". Talvez ela esteja escondendo isso de mim. E, se estiver, Xander pode ter razão. Talvez ela esteja escondendo muitas coisas de mim. — O que você vai fazer na quarta-feira à noite?

— Nada.

— Dia da profissão. Me encontre aqui, às seis e meia da tarde.

— É a minha vez de decidir o dia da profissão. Já tenho planos para amanhã, lembra?

— Tudo bem, amanhã é a sua vez. E quarta-feira é a minha. — Pigarreio. — A menos que seja demais. Você não vai ter problemas por passar todo esse tempo comigo, vai? — Quero dizer que namoradas podem ser ciumentas, mas não falo nada, por medo de parecer amarga demais. Essa é a última impressão que quero dar.

— Não, claro que não. Eu já disse que meus pais vão gostar de você.

Não duvido mais disso, agora que sei que eles não vão pensar que estamos namorando.

— Amanhã à tarde? É melhor que de manhã para mim — sugiro.

— Que tal às duas?

— Tudo bem, a gente se vê amanhã então.

— Caymen?

— Sim?

— Não precisa desligar. Se quiser conversar mais, estou com tempo.

O nó no meu estômago afrouxa e, quando estou me preparando para falar mais, ouço a voz de uma garota do outro lado da linha:

— Xander, por que está demorando tanto? Está no telefone?

— Sim, desculpa por te fazer esperar. Já vou descer, me dá cinco minutos.

— Com quem você está falando?

— Com uma amiga. — Escuto uma porta fechando, depois a voz dele mais alta outra vez: — Desculpa.

— Tudo bem. Parece que você tem que desligar. Te vejo amanhã às duas. Tchau.

Desligo antes que ele possa me impedir, orgulhosa com o tom casual da minha voz, porque tenho a sensação de que alguém está apertando meu pescoço. Não vou mais ligar para ele. Isso não me ajuda em nada.

Espero na calçada. Cada minuto que passa depois das duas horas da tarde parece uma eternidade. Talvez ele tenha mudado de ideia. Talvez Sadie Newel tenha dito que ele não podia conversar com amigas tarde da noite e sair com elas para "dias da profissão".

Às 14h07, o carro dele aparece na esquina. Xander estaciona e desce.

— Oi — ele diz.

— Oi. — Meu corpo reage como sempre: meu coração dispara, arrepios se espalham pelos braços e sobem até o pescoço.

Ele olha por cima do meu ombro para a loja, depois para mim.

— Pronta?

Faço que sim com a cabeça.

Ele toca meu cotovelo.

— Tudo bem?

Olho nos olhos dele e quero dizer: "Não, ainda me sinto uma merda. Minha mãe está escondendo alguma coisa, provavelmente vou perder minha casa em um mês, meu pai me abandonou e você tem uma namorada que nós dois fingimos que não existe".

Mas digo:

— Sim, por que não estaria?

Ele não deve acreditar, porque me abraça. Fecho os olhos e inspiro seu cheiro.

— Estou aqui — Xander fala com a boca no meu cabelo.

"Por quanto tempo?", quero perguntar. Mas digo:

— Você é um bom amigo. — E me solto do abraço.

O trajeto é silencioso, até Xander parar no aeroporto.

— Ah... — Vejo um avião decolar, depois olho para ele. — Vamos a algum lugar?

— Você não tem medo de voar, tem?

— Acho que não.

— Nunca viajou de avião?

— Não. — E talvez tenha medo, porque minhas mãos começam a suar.

— Sério? — Ele me estuda por um momento, como se tentasse solucionar um quebra-cabeça.

— Você sabe que eu falei para minha mãe que voltaria à noite, não sabe?

— Sim. E você vai voltar.

— Tudo bem.

Eu não teria me surpreendido se Xander se acomodasse na cabine do jatinho particular e ligasse os motores. Mas, felizmente, não foi o que aconteceu. Havia um piloto esperando por nós.

Sentamos em poltronas de frente uma para a outra. Ele pega uma garrafa de água da gaveta embaixo do assento, dá um gole e passa para mim. Depois pega outra garrafa para ele.

— Bebida pré-provada? Esse voo é bem sensível às necessidades dos passageiros.

Sou recompensada com um sorriso. Mas ele não dura muito, e tento pensar em alguma coisa que eu possa dizer para trazê-lo de volta. É uma boa distração, e eu senti falta desse sorriso. Devia dizer isso a ele. Mas não digo.

Sua atenção está na tela do celular, e ele começa a enviar uma mensagem ou escrever um e-mail. Tiro os sapatos e sento sobre um dos pés, tentando ficar à vontade, tentando esquecer que estou a bordo de um avião prestes a decolar.

Ele se desloca um pouco para a lateral e bate no espaço vazio a seu lado.

— Pode pôr os pés aqui.

— Você não tem fobia de pés?

— Isso existe?

— Claro. É um problema real. Existem grupos, terapeutas, várias frentes de tratamento. — Apoio os pés ao lado dele no assento, e meu tornozelo toca sua coxa. — Está sentindo falta de ar? O coração disparou?

Ele toca um dos meus pés e, com a outra mão, continua manejando o celular. Seus olhos encontram os meus e sugerem que ele está se divertindo.

— São esses os sintomas? Talvez eu tenha algum problema, afinal.

Por que ele tem que dizer essas coisas? Antes dele, eu achava que sabia quando um cara estava flertando comigo. Mas ele fala as coisas de um jeito muito sutil, muito suave, e é difícil decidir se é proposital ou só uma resposta às minhas brincadeiras.

Talvez eu deva perguntar diretamente: "O que a sua namorada acha de mim?" É uma pergunta bem razoável.

— Xander?

— Oi.

— O que...

Ele deixa o telefone de lado e se concentra em mim.

— O que você estava fazendo? Jogando Candy Crush ou algo assim? — Sou uma covarde. Quando eu abrir o jogo, talvez ele comece a me tratar como quem tem namorada.

E não é isso o que eu quero. Esse é o problema.

Ele ri.

— Não. Estava analisando algumas propostas para o site antes de perder o sinal. Desculpa, vou desligar o celular. Estou sendo grosseiro.

— Não. Tudo bem. — Os motores começam a funcionar, e eu fico tensa.

Ele segura meu tornozelo.

— A pior parte é a decolagem. Quando o avião está voando, é tudo tranquilo.

— E o pouso?

— Ah, é, a segunda pior parte é a decolagem.

As luzes na cabine diminuem e o avião entra em movimento, seguindo para a pista. O polegar de Xander faz desenhos imaginários no meu tornozelo. Eu devia estar aflita com o voo, mas todas as terminações nervosas da minha perna vibram com o contato. Vejo as luzes se apagarem quando a aeronave ganha velocidade, depois fecho os olhos e sinto a pressão da decolagem me empurrar contra o assento. Quando o jatinho para de subir e estabiliza a altitude, eu relaxo.

Ele solta meu tornozelo.

— Viu como foi tranquilo?

— Agora só precisamos pousar.

— Exatamente.

Olho em volta.

— Tem banheiro no avião, certo? Isso não é só coisa de filme, né?

Ele aponta atrás de mim. Quando levanto, o avião entra em uma área de turbulência e perco o equilíbrio. Eu me apoio nos ombros de Xander.

— Eu pago bem para o piloto fazer essas coisas na hora certa — ele diz.

Esse não flerte é bem irritante.

Estou quase no colo dele. Só preciso relaxar um pouco as pernas para de fato sentar. A tentação é grande. Ele me ampara com uma das mãos em minha cintura, mas não me empurra de volta para a posição ereta. Só segura minha cintura e olha nos meus olhos.

Minha garganta está apertada de novo, agora por motivos diferentes. O avião balança novamente, e pode ter sido minha imaginação, ou as pernas trêmulas, mas eu poderia jurar que, em vez de me amparar com a mão em minha cintura, ele me puxa. Porque agora estou sentada no colo dele, com as mãos ainda em seus ombros.

— Oi — ele diz.

— Desculpa.

— Por quê?

— Por você não perder uma chance de me paquerar.

Ele ri.

— É você quem está no meu colo. Eu estava aqui, quieto, cuidando das minhas coisas.

— A culpa é do avião, então?

— É claro.

Tento levantar, mas ele me puxa de volta.

— Cara, que voo turbulento — comenta.

— Engraçadinho. — Mas não tem graça nenhuma. Sinto a raiva me invadir. Ele tem namorada, mas não para de dar em cima de mim. Não quero ser um segredinho sujo. Se é isso que ele pensa que sou, vai ter que avaliar melhor. — Me deixa levantar.

Xander deve sentir a seriedade em minha voz, porque me ajuda a levantar. Eu me tranco no banheiro por tempo suficiente para reconquistar a compostura. Depois de hoje, vou ter que esquecer Xander Spence. Repito a afirmação em voz alta olhando para o espelho.

— Chega de Xander Spence.

Sou tão convincente que quase acredito em mim mesma.

Volto ao meu lugar.

— Está com frio? Calor? Fome? — ele pergunta.

— Não. Estou bem.

— O encosto reclina, se quiser dormir ou relaxar.

— O voo é longo?

— Não. Uma hora, mais ou menos.

Não consigo calcular aonde o jatinho vai nos levar em uma hora. De carro não passaríamos de Oakland, mas no ar a coisa muda.

— Alguma conclusão? — ele pergunta.

— O quê?

— Já deduziu para onde vamos com base nas suas incríveis habilidades de observação?

— Não. — Incomoda perceber que ele me conhece bem o bastante para saber em que estou pensando. Reclino o encosto da poltrona e finjo dormir durante o restante do voo. Por causa da minha recém-descoberta determinação, tenho que enfrentar o pouso sem a ajuda dele.

— Aquele é o meu irmão. — Xander aponta para alguém que acena para nós quando saímos do jatinho. Viro e tento voltar para a aeronave. — Ah, para — ele diz e segura minha mão. — Você vai gostar dele.

Os dois se abraçam rapidamente.

— Lucas, essa é a Caymen Meyers.

Lucas olha para mim e aperta minha mão com um sorriso sincero. E essa é outra coisa que está me perturbando muito. Amigos ou não, por que a família dele se comporta como se isso fosse normal? Como se não se incomodassem por Xander passar tanto tempo com uma garota que conheceu na rua, e agora viajar com ela a bordo do jato particular da família. Alguma coisa não se encaixa.

Lucas e Xander começam a conversar sobre várias coisas, como se não se vissem há meses. Talvez não se vissem, mesmo.

— O papai te obrigou a voltar para casa por causa da festa beneficente? — Xander pergunta quando chegamos a um SUV preto estacionado na rua.

Lucas suspira. Ele não é nada parecido com Xander. Seu cabelo é loiro, o de Xander, castanho. Ele tem pele clara, Xander é moreno. Mas os dois têm o mesmo jeito.

— Sim. Acha que dá para contratar um dublê?

— Você sabe que esse projeto é o xodó da mamãe. Falei com ela um dia desses no café da manhã, disse que estava odiando a ideia de ir, e ela quase chorou. Agora finjo que não tem nada mais excitante do que essa festa. Funciona melhor. — Xander abre a porta do lado do passageiro e me espera entrar.

Sorrio.

— Pode ir na frente com o seu irmão. — Abro a porta de trás e me acomodo.

— Ela é estressada demais — Lucas diz, referindo-se à mãe, quando todos nós estamos dentro do carro.

— Eu sei.

— A Scarlett vai? Não sei se vou conseguir aturar a presença dela este ano.

— Não sei. Ela foi em casa ontem à noite e não falou nada. Tenho certeza que a mamãe tentou convencê-la. A Scarlett ficou com nossos pais por um tempo, eu não estava lá. — Xander olha para mim e sorri, e deduzo que foi Scarlett quem interrompeu nossa conversa pelo telefone na noite passada. Não foi Sadie. — Mas ela vai ter alguma coisa para falar de todo mundo que comparecer à festa, aposto. A Scarlett é a nossa fonte pessoal de informações horríveis. Nada seria igual sem ela.

Lucas olha para mim por cima do ombro.

— Não devíamos falar desse jeito, a Caymen vai ficar assustada. Não se preocupe, você vai gostar da festa. Vários velhos esquisitos querendo dançar com você. Muita comida que parece poder rastejar para fora do seu prato. E a banda é tão animada que nem tem vocalista.

— Eu faço parte da banda. É bom saber que você gosta dela — digo, séria.

Lucas gagueja:

— Não, é que... bom, sim. A banda é ótima. Foi um comentário idiota. Desculpa.

Xander ri.

— Ela está brincando, Luke. A Caymen não faz parte da banda.

Lucas balança a cabeça e olha para mim pelo espelho retrovisor.

— Você falou com uma cara tão séria que eu acreditei.

— Ela é muito sarcástica.

Bato no encosto de cabeça do banco de Xander.

— Já combinamos que esse comentário teria que ser sempre acompanhado pela palavra "excepcionalmente".

— Estou tentando não te incentivar.

— E acha que vai dar certo?

Lucas sorri.

— Parece que a festa não vai ser tão chata quanto eu imaginava. Ela vai estar na nossa mesa, certo?

— A Caymen é esperta. Ela recusou o convite.

— Quê? — Lucas dá um soquinho no braço do irmão. — Isso já aconteceu antes? Preciso registrar a ocorrência em algum lugar? — Ele olha em volta, pega o celular do console e o aproxima da boca como se fosse um gravador. — Uma garota recusou um convite do Xander. Alertem a mídia.

— Que bobagem — diz Xander.

— E, já que tocamos no assunto, duas semanas seguidas? Impressionante, mano. Deve estar faltando assunto.

— Do que você está falando?

— A *Starz*. — Ele revira os olhos e suspira quando Xander faz cara de desentendido. Se eu não soubesse a que Lucas se refere, também não entenderia o comentário. — A revista. Você. Na capa.

— Sério? — Ele parece mais bravo que surpreso.

— Sim. De novo o namoro com a Sadie.

— Quê? — Ele aponta para um supermercado além do farol onde estamos parados. — Encosta ali.

Lucas dá de ombros e atende ao pedido. Xander quase nem espera o irmão estacionar o carro para saltar e desaparecer dentro da loja.

Enquanto esperamos no carro, Lucas vira para trás e apoia um braço em cima do encosto.

— O que foi isso?

Meu coração está disparado. A namorada "secreta" agora foi mencionada, e quero saber o que Xander vai fazer ou dizer.

— Ele deve estar bravo com a notícia sobre ele e a Sadie.

— Tem razão. Mas eu achei que ele já tinha visto.

— Eu também.

Minutos mais tarde uma cópia da *Starz* bate na janela ao meu lado, e eu pulo assustada.

— Você leu isso? — Xander grita do outro lado. Mal consigo ouvir o que ele diz.

Xander abre a porta e senta ao meu lado sem esperar que eu me desloque no banco.

— Você já tinha lido isso, não é?

Ele está praticamente em cima de mim. Escorrego para o lado para abrir espaço.

— Vai, Lucas — diz Xander ao fechar a porta. Depois olha novamente para mim, com fogo nos olhos.

— Você está bravo comigo por eu ter lido um artigo? O Mason me mostrou na semana passada.

— Na semana passada! Caymen, por que você não falou nada?

— O que você queria que eu dissesse? Que a sua namorada é linda? Não sou tão generosa.

Lucas dá risada, e Xander o silencia com o olhar.

— O ponto é exatamente esse. Ela não é minha namorada.

— Mas o artigo... — Aponto para a revista que ele segura com a mão apertada.

— Esta... — ele mostra o rosto de Sadie na capa da revista — é uma foto antiga. — E a examina com mais atenção. — É do ano passado.

— E ela ligou pra você outro dia...

— Ela me ligou? Não, não ligou.

— Eu atendi... Ela disse que retornaria depois.

Xander pega o celular e vai mudando de tela. Depois resmunga alguma coisa, como se dissesse: "Ah, olha, aqui está".

Ele aperta o botão do viva-voz do telefone e uma mensagem deixada por Sadie Newel é ouvida dentro do carro.

— *Oi, Xander. Cadê você? Viu a Starz? Aqueles idiotas. Qual é o plano? Preciso que você use a sua mágica para fazer aquilo sumir. Fala pra mim que o seu pai vai bater forte naquela revistinha.* — A voz dela é irritada.

Xander desliga e olha para mim com uma sobrancelha erguida.

— Ah. — Não sei mais o que dizer.

— Ah?

— O que você quer que eu fale? Eu li o artigo. Sabia que você estava em Los Angeles na semana passada. Peço desculpas por pensar que todo jornalista é honesto.

— O que eu quero é que você pergunte para mim — ele responde e chega mais perto. Seu olhar é tão intenso que tenho vontade de desviar o meu... ou de olhar para ele para sempre. Não consigo decidir.

Meu coração está batendo acelerado, e é um alívio saber que ele e Sadie Newel não estão juntos. Um alívio tão grande que quase o abraço. Piada. Preciso de uma piada. Depressa.

— Talvez você deva me dar uma lista de todas as atrizes que namorou e em que ano. Assim vou saber se é uma foto antiga ou recente.

— Eu posso te dar essa lista — Lucas interfere.

Olho para ele.

— Pode incluir as herdeiras e filhas de bilionários também? Todos os nomes dignos de serem mencionados, na verdade.

— Vai demorar um pouco. A lista é grande.

Sei que ele está brincando, mas as palavras me fazem lembrar que eu nunca faria parte dessa relação.

Xander suspira e se recosta no banco.

— Não é tão longa. — Ele põe a mão sobre a minha no assento entre nós. Tento não deixar meu sorriso se alargar demais.

Paramos na frente dos prédios de tijolos aparentes de um campus, e eu fico confusa.

— Onde estamos?

— Na Universidade de Nevada.

— Você vai estudar aqui?

— Não. Você já vai entender. — É engraçado como Xander fica animado com o dia da profissão. Talvez ele devesse trabalhar com isso: planejamento de vida. Essa carreira existe?

O tempo que levamos para percorrer o campus a pé é o tempo que demoro para perceber uma coisa:

— Você estuda aqui — deduzo e olho para Lucas.

— Sim, estudo.

Estou surpresa. Não que a Universidade de Nevada seja ruim, mas eu esperava que ele frequentasse uma das universidades da Ivy League. E ainda não entendi por que estamos aqui.

Depois de passar por muitos prédios parecidos, finalmente entramos em um. No fim do corredor, ele bate em uma porta. Um cara de óculos vem abri-la, sorridente.

— Olá. Entrem.

Olho para a sala. Microscópios, bicos de chama, frascos, caixas de vidro, placas de Petri. O departamento de ciências. O homem — um técnico, talvez — diz:

— Eu soube que você pode querer estudar ciências.

Meus pulmões estão perto de explodir.

— Sim.

Ele fala sobre todas as carreiras que podem ser desenvolvidas com um diploma de ciências. Medicina, perícia criminal, análise de pesquisa e assim por diante. Quase todas parecem ser interessantes.

— Vem comigo — ele diz e me leva para perto de um microscópio. — Eu estava me preparando para analisar essa amostra de sangue. O que quero é determinar quantas células brancas existem por unidade quadrada. Se olhar pelo visor e contá-las para mim, posso conferir o número que encontrei e ver se bate com o seu.

Faço o que ele pede e anuncio o número encontrado. Ele o anota em um espaço na folha de papel ao lado do microscópio. Depois abre uma caixa de vidro e pega um frasco. Ele me deixa enfiar uma agulha no frasco e extrair uma gota de sangue, que transfiro para uma lâmina e analiso também. Depois o cara me mostra bactérias diferentes em cultura nas placas, conta de onde cada uma delas foi tirada e quais foram os resultados. Ele também me mostra velhos arquivos policiais que os alunos estão analisando para estudar o DNA e a causa da morte.

Devo estar com cara de espanto, porque, quando olho para Xander, ele exibe o maior sorriso que já vi.

— Está fazendo o curso de ciências, Lucas? — pergunto.

— Não, arquitetura. Essa é só uma das minhas aulas. E o Rick aqui é meu companheiro de quarto. Ele é estagiário do dr. Fenderman.

— E o dr. Fenderman nos atraiu até aqui pensando em nos usar para testes?

— Sim, a próxima parada da visita é a jaula.

— Legal. Ele está testando vacinas, por acaso? Esses dois precisam contrair uma doença debilitante que sirva de desculpa para não irem a uma festa beneficente.

— Entendo a necessidade — diz Rick.

Todo mundo já foi a uma festa beneficente, menos eu? Rick prende outra placa sob a lente do microscópio, e eu olho pelo visor. Lucas e Rick começam a conversar, e ainda estou estudando o material na placa quando sinto um arrepio na nuca.

— Está se divertindo? — Xander pergunta. Agora eu o sinto perto de mim, sinto o calor de seu corpo provocando um arrepio em minhas costas.

— Sim. É incrível.

— Nunca te vi tão feliz.

E eu nunca me senti tão feliz. Ainda estou olhando pelo microscópio, mas não vejo nada, porque o hálito de Xander toca suavemente um lado do meu pescoço. Meu corpo reage e, quase involuntariamente, se aproxima de seu peito.

Ele passa os braços em torno dos meus ombros.

— Você devia estudar ciências. Não necessariamente aqui, mas onde for melhor pra você. Já consigo te ver toda fofa de jaleco branco.

Sorrio.

— É uma boa ideia. Talvez daqui a um ano. — Preciso de um ano de folga, pelo menos, para ajudar minha mãe.

— Caymen. — A voz dele é desaprovadora, como se soubesse em que estou pensando. — Isso é um erro.

— Bom, não tenho muita opção, Xander.

— Você tem todas as opções que der a si mesma.

Rio baixinho. *Ele* tem todas as opções que der a si mesmo. Nós, os outros, temos que nos conformar com o que nos é dado.

— Por que você se importa com isso? — sussurro.

Por um segundo penso que Xander não me ouviu, porque estou virada para o outro lado, com seus braços ainda envolvendo meus ombros, quando ele diz:

— Porque eu me importo com você.

Fecho os olhos por um segundo e sinto essas palavras, sinto Xander.

Quero deixar isso acontecer, mas algo ainda me impede. Antes eu achava que era a namorada. Mas agora isso deixou de ser problema. É minha mãe. Não contei a ela. E me sinto muito mal por isso. Eu não queria ser o segredinho sujo de Xander, mas o transformei no meu. Fico feliz por estar de costas para ele, porque posso perceber o desgosto que sinto por mim mesma estampado em meu rosto. Movo os braços, obrigando-o a abaixar os dele, e olho para o relógio na parede.

— Já são oito horas? Preciso ir embora, Xander.

— Antes de a gente ir, tem um restaurante mexicano na Strip que eu preciso te levar. Não é longe. A comida é incrível.

30

— Ele te pôs num avião e te levou até um departamento de ciências para você poder sentir o gostinho da vida universitária, e você...?

Skye está tentando me convencer a fazer alguma coisa incrível para o nosso próximo dia da profissão, mas como posso superar o que Xander fez?

— Ah, na verdade ele vem aqui amanhã à noite porque a minha mãe tem aquela reunião de lojistas... — Não sei como concluir o pensamento e pego um pequeno porta-joias de cima de uma prateleira. Tem pedras falsas coladas à tampa e é um exemplo perfeito do motivo que me fez dar a esse lugar o apelido de Lixo Evidente.

Skye está ocupada arrumando livros velhos em uma estante, de costas para mim.

— Não entendo. Como isso pode ser um dia da profissão? Você vai levar o Xander à reunião? Vai mostrar para ele como os lojistas discutem?

— Não. — Devolvo o porta-joias ao lugar. — Não, na verdade acho que a minha mãe não vai à reunião. Desconfio que ela vai sair com alguém. Um homem que ela prefere esconder de mim.

Skye se volta para mim, com as mãos na cintura.

— Espera. Você está dizendo que você e a sua mãe namoram e uma esconde da outra? — E ri.

— Não. Eu não estou namorando o Xander. — Ainda. Não enquanto não tiver coragem para contar para minha mãe. Eu me dei o prazo de uma semana para isso.

Ela revira os olhos.

— Vocês dois são as pessoas mais apaixonadas não namorando que eu já conheci. Espera aí. — Ela vai até o fundo da loja e chama Lydia, a proprietária. — Os livros estão em ordem e eu já virei a placa na porta. Precisa de mim para mais alguma coisa?

— Não. Boa noite, até amanhã.

Skye encaixa o braço no meu e me leva para a porta dos fundos. Atravessamos a viela para o fundo da loja de bonecas.

— Onde está a sua mãe? — Ela aponta para a vaga vazia onde minha mãe costuma estacionar o carro.

— Saiu depois que fechamos.

— Bom, voltando ao dia da profissão. Não entendi o que você vai fazer com o Xander.

— Nem eu. O plano era espionar a minha mãe, mas acho que não é uma boa ideia.

Skye dá risada.

— Aí eu tive outra ideia — digo. Subimos a escada para o apartamento. — Eu falei com o Eddie na semana passada, e ele disse que pode nos ensinar a fazer aqueles muffins famosos.

Ela faz uma careta.

— Pra quê?

— Porque o Xander gosta deles. Ele gosta de qualquer comida, na verdade. Tudo que fazemos acaba em um restaurante que ele adora. Achei que podíamos conversar com o Eddie, descobrir se o Xander gostaria de ter um restaurante.

— Ahhh. Boa ideia. E fofa. — Ela se aproxima da geladeira assim que entramos. — E você fingindo que não estava a fim dele.

Sorrio enquanto ela estuda o conteúdo do refrigerador. A luz da secretária eletrônica está piscando. Aperto o botão para ouvir o recado.

— *Uma nova mensagem* — diz a voz de robô, seguida por outra, feminina: — *Olá, sra. Meyers, é a Tina, do consultório do dr. Saunders. Marcamos seu ultrassom para o dia 15. Por favor, chegue com meia hora de antecedência e não se esqueça de beber água, como já expliquei. Se tiver alguma dúvida, é só telefonar.*

Ouço a porta da geladeira fechar atrás de mim.

— Não sabia que a sua mãe estava grávida — Skye comenta.

— Grávida? Quê?

— Ultrassom. Isso é exame de grávida.

Meu cérebro quase nem registra o que ela diz.

— Não, ela não está.

— Por que o ultrassom, então?

Deve haver outro motivo para uma pessoa fazer um exame desses.

— Não sei.

— Ela tem sentido enjoo? Cansaço?

Penso um pouco. Minha mãe não tem se alimentado bem ultimamente. Talvez por sentir náuseas. E ela tem estado cansada, isso eu sei. Movo a cabeça numa resposta afirmativa.

— Ela deve estar grávida. — Skye olha para a secretária eletrônica. — Além do mais, pediram para ela beber água. É o que dizem às grávidas.

Balanço a cabeça de novo, várias vezes.

— É bem legal, você não acha? Você vai ter um irmãozinho!

— Legal? Ah, tá. Não, ela não está grávida. Isso é ridículo. Ela nem tem... — Eu ia dizer "namorado". Mas é bem possível que ela tenha um namorado. — Ela não está grávida. — Mas, se não é gravidez, o que pode ser? A ansiedade me domina. Minha mãe tem algum problema? As pessoas não fazem ultrassom sem motivo... Fazem? Talvez seja um procedimento comum para as pessoas mais velhas.

Skye para na minha frente e segura meus ombros. Devo ter entrado em estado catatônico.

— Não deve ser nada. Mesmo que ela esteja grávida, não é tão grave.

— Ela não está grávida — insisto. — É muito velha para engravidar.

Minha amiga ri.

— Sua mãe só tem trinta e cinco anos. — O celular apita, ela pega o aparelho e sorri ao olhar para a tela. — É o Henry. A banda vai se reunir no Scream Shout. Quer ir?

Olho para a luz que não pisca mais na secretária eletrônica. Depois olho para a porta. Não consigo respirar direito. Quando minha mãe vai chegar em casa? Preciso falar com ela sobre isso. Mas ela vai me contar a verdade? Ela tem se recusado a me contar qualquer coisa há semanas.

Não é nada. Minha mãe está bem. Procedimento de rotina.

— Sim. Já vou descer, só preciso de um minuto.

Skye hesita, mas desce a escada. Escrevo um bilhete avisando que vou passar a noite com ela e deixo em cima da bancada. Ponho algumas coisas na mochila, saio e tranco a porta.

*Entramos no Scream Shout, que está praticamente de-*serto. Skye olha para o garçom com ar confuso, e ele mostra a porta ao lado do palco. Ela atravessa o bar em direção à porta indicada. A música que transborda de uma saleta chega ao corredor. Seguimos o som. Os membros da banda estão sentados em sofás na sala dos fundos e levantam a cabeça quando entramos.

Henry cumprimenta Skye cantando baixinho:

— Minha linda menina. — E dedilha algumas cordas da guitarra.

Ela sorri e se acomoda no espaço apertado entre ele e o braço do sofá.

Mason pisca para mim.

— Oi, Caymen.

— Oi. — Jogo a mochila perto da parede, acho um espaço no chão e me acomodo. Só quero derreter ali e desaparecer por um tempo. Parece funcionar quando os garotos começam a brincar e trocar provocações com letras e melodias. Deixo as canções ecoarem dentro de mim.

Derrick, o baterista, canta aleatoriamente sobre seu dia. Como ele saiu dirigindo seu carro e ouvindo música, foi ao mercado e comprou leite, e assim por diante. Paro de ouvir até ele perguntar:

— O que rima com hidrante de incêndio?

Mason fica sério, e acho que ele vai responder algo como: "Não seja idiota. Por que você está cantando sobre um hidrante de incêndio?" Mas ele diz:

— Não sei, gritante vilipêndio?

— O que é um gritante vilipêndio? — Henry pergunta.

— Sei lá, uma doença, talvez? Uma epidemia!

Dou risada.

— O que você acha de brilhante compêndio? — Skye sugere. — O som é parecido.

— Esse é o nosso brilhante compêndio sobre um inútil hidrante de incêndio — Henry canta.

Mason ri.

— Esse é o nosso brilhante compêndio sobre Henry, que tem um gritante vilipêndio.

Henry puxa uma corda da guitarra, olha para o teto por um minuto enquanto toca alguns acordes, depois canta:

— Estou impressionado com esse brilhante compêndio, mas o que eu realmente quero é uma segunda chance.

Mason aponta para ele.

— Isso. Vamos chamar essa música de "Hidrante de incêndio".

Eles riem, mas Derrick começa a escrever em um caderninho enquanto todos gritam mais versos sobre fazer as pazes e recomeçar. Não acredito que acabei de testemunhar o nascimento de uma canção que começou com as palavras "hidrante de incêndio". É estranho ver alguma coisa ser criada do nada. Penso em mim e em como Xander está tentando criar algo do nada que é a minha vida. E como ele tem conseguido. Xander pegou o ridículo, o hidrante de incêndio da minha canção, e me fez perceber que ela pode ser algo mais, algo diferente.

Depois do dia que tivemos, pensar nisso me deixa feliz. Começo a gritar versos com eles. A composição progride bastante, até o ridículo ser reintroduzido quando alguém berra:

— E por que você não me deixa tomar sopa de tartaruga?

Skye reage com uma exclamação ofendida, mas todo mundo ri.

Às dez horas da noite, as risadas ainda não silenciaram.
Passamos das piadas àquela idiotice que é consequência do cansaço. Skye está no chão, quase em cima de mim.

— É melhor eu te levar pra casa, garotinha — ela diz. — Amanhã a menor de idade tem aula.

— Vou dormir na sua casa!

— Vai?

— Foi a informação que eu deixei no bilhete, não posso mentir.

— Oba! Festa do pijama.

— A gente devia jogar papel higiênico na casa de alguém — falo.

— É verdade. De quem?

— Não sei. — Então levanto a mão, como se ela fosse uma professora. — Do Xander!

Skye dá risada.

— Quem quer jogar papel higiênico na casa do Xander?

Os meninos olham para nós e gemem com desânimo.

— Não precisamos de vocês. — Fico em pé. — Vem, vamos.

Ela sai correndo na frente, mas, quando passo pela porta, sou puxada de volta pelo braço. Viro e dou com a cara no peito de Mason. Estamos perto da porta, no corredor meio escuro.

Ele beija meu rosto.

— Você saiu sem se despedir.

Recuo e olho para ele.

— Eu...

Mason pisca com força.

— Você e o Xander, né?

— Acho que sim.

— Tem certeza que vocês combinam?

Sei exatamente a que ele se refere, mas a imagem de Xander surge em minha mente, e eu balanço a cabeça para dizer que sim.

Mason dá de ombros.

— Você sabe onde me encontrar. — E volta para a sala.

Skye e eu estamos segurando dois rolos de papel higiênico cada uma e olhando para a cerca da casa de Xander.

— Não é muito cedo para isso? — ela pergunta. — Não são nem dez e meia. As luzes da casa estão acesas.

— Nunca é cedo demais. A pergunta que realmente importa é como vamos entrar. — Tento passar entre duas barras de ferro e minha perna fica presa. Começo a rir.

— Alguma vez você foi tão irresponsável na vida? — Skye pergunta.

— Acho que não.

— Essa sua versão é divertida. — Ela me segura pelas axilas e tenta me puxar para trás. Ela não para de rir. Finalmente consegue me soltar da cerca, e eu caio em cima dela. Nós duas vamos parar no chão.

— Vamos jogar papel só na cerca.

— O Xander vai rir disso tanto quanto a gente? — ela especula.

Nem imagino.

— Com certeza.

Está escuro, mas conseguimos enrolar papel higiênico nas barras. Quando ser imatura foi tão divertido? Demoro um minuto para perceber que estou enxergando melhor o que faço, e mais um minuto para entender que alguém acendeu uma lanterna. O homem que segura a lanterna pigarreia.

— Mocinhas, estão se divertindo?

— Sim, muito — Skye responde, e nós duas viramos para o segurança, que está com cara de desaprovação. — Que fofo. É um policial de aluguel.

Ele franze a testa.

— Um policial de aluguel que tem o telefone da delegacia. Vamos ter uma conversinha com o sr. Spence.

Essa frase deveria reintroduzir um pouco de seriedade na noite, mas não é o que acontece. Talvez por não parecer real enquanto estamos ali, segurando rolos de papel higiênico no escuro. Mas a ideia se torna muito mais verdadeira quando nos vemos na varanda da casa, com o sr. Spence olhando para nós duas. E por que ainda não parei de rir?

— O que quer que eu faça, senhor? — o segurança pergunta.

O sr. Spence olha para mim de novo e inclina a cabeça. Está se lembrando do nosso encontro anterior? Por que lembraria? Sou só um nome que ele ouviu semanas atrás. Por isso o sorriso desaparece do meu rosto quando ele diz:

— Caymen, certo?

Assinto. É claro que ele se lembra de mim. Sou o símbolo da rebeldia do filho dele. A última garota na face da Terra que o sr. Spence aprovaria. Meu nome e meu rosto devem estar gravados em sua memória.

— Você está fazendo uma brincadeira com o meu filho?

Repito o gesto com a cabeça.

Ele ri.

— Vou ser sincero. Nenhum dos meus filhos sofreu esse tipo de ataque antes. Papel higiênico? — Ele olha para o segurança. — Está tudo bem, Bruce. — E de novo para nós. — Vamos entrar, meninas?

O pânico comprime meu peito quando olho para os rolos de papel higiênico.

— Não, a gente já vai embora. Se me arrumar um saco de lixo, podemos até limpar a bagunça.

Ele gesticula, desprezando minha sugestão.

— Não precisa, temos funcionários para isso. E eu insisto, vamos entrar.

— É tarde, nós...

— Caymen?

A voz de Xander é como uma onda de calor instantânea. Meu rosto fica quente. Ele se aproxima da porta vestindo calça de pijama e uma camiseta. Até o pijama dele parece caro. Xander olha para o papel higiênico na minha mão, depois para Skye e para o rolo que ela segura.

— Foi um desafio — explico. — Não era para verem a gente.

Skye começa a rir, e eu também dou risada.

Os olhos dele brilham com um riso contido.

— Entrem. A Tess fez chocolate quente. Deve ter um pouco ainda.

Não sei se eu deveria saber quem é Tess, mas não pergunto. Segurar rolos de papel higiênico é humilhação suficiente para uma noite.

— Não, obrigada. Sério, a gente já estava indo embora.

— Eu insisto — ele diz.

Skye ri de novo, e tenho certeza de que é porque Xander acabou de falar exatamente como o pai. Percebo que ela está esperando que eu decida o que fazer. Olho para Xander, depois para o pai dele, e os dois estão olhando para mim com os braços cruzados e o mesmo ar de expectativa, a mesma inclinação das sobrancelhas. Ver a semelhança tão óbvia me faz pensar se existe em mim alguma coisa do meu pai. Posso ter semelhanças com minha mãe, mas não sou muito parecida com ela.

— Tudo bem. Só um minuto. Não queríamos incomodar, de verdade.

A cozinha é enorme. Bancadas de mármore em tom neutro. Uma ilha de trabalho gigantesca. O refrigerador é maior do que todos que já vi. Parece a seção de congelados de um supermercado.

O pai dele nos segue até a cozinha.

— A Tess já foi embora, mas vocês podem se servir.

Tess deve ser a cozinheira.

— Boa noite. Alexander, não fique acordado até muito tarde — ele acrescenta, depois se retira.

Xander se aproxima do fogão, onde tem uma chaleira, e a levanta.

— Vazia.

— Tudo bem.

— Não, eu cuido disso. Tem preparado em pó em algum lugar por aqui. — Ele procura nos armários. É evidente que não vai parar enquanto não tomarmos chocolate quente, por isso me dirijo ao fogão, pego a chaleira, encho com água e olho para os botões. Skye se aproxima para me ajudar a decifrá-los. Depois de algumas tentativas, conseguimos acender um dos queimadores.

Xander ainda está vasculhando a cozinha atrás da mistura para chocolate quente. Ele parece um estranho na própria cozinha, abrindo portas de armários cujo conteúdo desconhece. Finalmente ele pega um recipiente de um armário e exclama:

— Arrá!

— Alguma vez na vida você olhou o que tinha nesses armários? — pergunto.

— É claro.

— Vamos fazer um jogo, então. A Skye fala um utensílio de cozinha. Ganha quem encontrar o objeto primeiro.

— Ganha o quê?

— O direito de se achar melhor que o outro.

— A casa é minha, acho que eu vou ganhar.

— Vamos ver, menininho rico. A Tess não está aqui para fazer a sua mamadeira.

— Ah, você vai se ver comigo.

Sorrio. Conheço bem minha cozinha. E, se uma cozinheira trabalha aqui, ela deve ser prática e lógica. Utensílios perto do fogão, copos perto da pia. É isso. Assinto para Skye.

Ela sorri.

— Vamos começar com um fácil. Espátula.

Xander corre para a ilha de trabalho e começa a abrir gavetas. Eu me aproximo do fogão e abro as duas gavetas, uma de cada lado. Encontro imediatamente a espátula e viro com ela na mão.

— A Caymen ganhou a primeira — Skye anuncia, e Xander vira a cabeça e olha para mim. Ele geme. — Vamos lá, segundo item. Tigela de cereal.

Deixo escapar um gemido indignado.

— Não é justo. Você sabe que essa ele vai encontrar fácil. — E encontra, claro. Armário ao lado da despensa.

— Agora é o decisivo — Skye avisa. — Quero um escorredor de macarrão.

Dou risada quando olho para a cara do Xander. É uma expressão que diz: "Não faço nem ideia do que seja isso". Corro para a pia. Deve estar em um dos armários embaixo dela. Quando me aproximo de um deles, duas mãos seguram minha cintura e me puxam para trás. Depois ele se joga na minha frente e abre o armário que eu pretendia abrir. Pulo para a frente e aterrisso ao lado dele, tentando empurrá-lo para o lado com o corpo.

— Trapaceira — ele me acusa.

— Eu? Foi você quem roubou. — Ele se mantém firme. Não consigo empurrá-lo, e Xander está olhando as prateleiras.

— É tipo uma tigela com furos — diz Skye.

— Minha própria amiga está contra mim. — Seguro Xander pela cintura e tento puxá-lo para trás. A chaleira apita no fogão, e Skye apaga a chama.

— Achei! — Xander levanta a mão com o escorredor. Pulo para pegá-lo, mas ele o mantém fora do meu alcance. Quando tento puxar seu braço para baixo, ele envolve meus ombros com o outro e me abraça contra o peito. — E o vencedor é Xander!

— Trapaceiros! Vocês dois!

Ele pigarreia e muda o tom de voz:

— Gostaria de dedicar essa vitória ao conhecimento supremo que tenho do layout da minha cozinha e dos utensílios que fazem parte dela, coisas que usei em diversas ocasiões. Não fosse por... — Ele para no meio da frase, depois diz: — Ah, oi, mãe.

Imediatamente abaixo as mãos que empurravam o peito de Xander e tento me soltar do abraço. Ele deixa o escorredor em cima do balcão e me segura com os dois braços.

— Mãe, essa é a Caymen Meyers, e a amiga dela é a Skye.

Viro a cabeça para ela, porque meu corpo está preso entre os braços de Xander. Tenho medo do que vou ver em seu rosto. Medo de que esse seja o momento em que finalmente verei a resistência a esse meu relacionamento com Xander. Mas o que vejo é simpatia no rosto jovem demais para ser da mãe dele. Ela é loira e tem olhos azuis. Agora entendo com quem Lucas é parecido. Xander não tem nada da mãe. Mas ela sorri, talvez por eu começar a me debater entre os braços dele, e vejo de quem Xander herdou seu melhor traço.

— É um prazer conhecer vocês, meninas. Caymen, já ouvi falar muito de você.

— Oi, sra. Spence. Seu filho não me solta porque é um trapaceiro, mas fico feliz em conhecer a senhora.

Xander me solta, e dou alguns passos para longe dele, tentando esconder a vertigem repentina.

A sra. Spence pega um rolo de papel higiênico de cima da bancada e torce o nariz.

— Isso é coisa da Caymen — diz Xander.

Que bom, agora tenho que explicar à mãe dele meu ato de vandalismo?

— Seu filho me ligou dizendo que era uma emergência envolvendo falta de papel. Eu vim correndo.

Ela parece confusa, e Xander explica:

— É brincadeira, mãe.

— Ah, sim. O humor sarcástico, você comentou.

Caramba, quanto tempo eles passaram falando de mim?

— Bom, fico feliz por você fazer o meu menino tão sério dar risada. — Ela afaga meu braço, depois o rosto de Xander. — Vou deitar. Fique à vontade, Caymen, e apareça.

— Boa noite, mãe.

Depois que a mãe dele sai da cozinha, Xander pega as canecas, despeja em cada uma algumas colheradas da mistura em pó para chocolate quente e em seguida acrescenta água quente.

— Não é tão bom quanto o da Eddie's, mas espero que gostem.

— Onde fica o banheiro? — Skye pergunta. — Um dos dez?

Ele sorri.

— O mais próximo fica depois daquele arco. Primeira porta à direita.

— Obrigada.

Ela sai da cozinha, e agora somos só eu e Xander, lado a lado, perto da bancada. Seu corpo toca o meu quando ele estica o braço para pegar uma colher. Nossas mãos se encontram quando tentamos pegar a mesma caneca. Nós dois recuamos.

— Pode pegar — falamos ao mesmo tempo, depois rimos. Ele bebe um gole do chocolate quente e empurra a caneca para mim.

Agora todo um lado do meu corpo toca o dele. Ombros, cotovelo, quadril, coxa, até os pés estão em contato. Sinto cada movimento que ele faz.

— Você vai me matar — ele comenta, ofegante.

— Desculpa. — Dou um passo para me afastar, e ele segura meu cotovelo e me puxa de volta, virando meu corpo de frente para o dele. Agora estamos colados frente a frente. Inspiro, e uma onda de calor me invade. Ele me prende contra o balcão. A mão na parte inferior das minhas costas parece marcar a fogo um desenho em minha pele.

Estou olhando para a gola da camiseta dele.

— Caymen?

— Hum?

— Você parece com medo. Isso te assusta?

— Muito.

— Por quê?

— Porque eu não trouxe bala de hortelã.

— Agora a resposta verdadeira...

— Porque eu tenho medo do jogo acabar depois que você conseguir o que quer. — Não acredito que admiti isso em voz alta, quando não havia admitido nem para mim mesma. Mas ele me pressionou. Ele sempre me pressiona.

Os dedos traçam o contorno da minha bochecha, e sinto o coração bater forte no peito em resposta à vibração das terminações nervosas desde o rosto até os braços.

— Não sabia que era um jogo — ele responde.

Sorrio. É a mesma coisa que ele disse em nosso segundo encontro. Olho para ele e, como se estivesse esperando apenas por isso, seus lábios tocam os meus. E, quando eles se tocam, me sinto eletrizada. Ele me beija com delicadeza, com lábios tão quentes quanto as mãos.

Quando estou quase entrando em modo de ataque, ouço Skye tossir e dizer:

— Vou levar o meu chocolate quente para viagem. Devolvo a caneca outra hora.

Recuo e tento empurrar Xander sem ser rude, mas ele não se move. Seus olhos brilham como fogo. Ouvimos Skye sair da cozinha. Em seguida, ele me pega pela cintura e me põe sentada sobre o balcão. Envolvo seu corpo com braços e pernas e o beijo. Dessa vez o beijo é mais intenso. Minha necessidade é mais óbvia.

Ele corresponde, a língua encontra a minha, as mãos me puxam para perto. O gosto dele é bom, é como chocolate salgado. Deixo minhas mãos passearem por suas costas embaixo da camiseta. Encontro a coluna e traço o contorno de cada vértebra. Uma enxurrada de emoções inunda meu corpo, e me surpreendo ao perceber que a que se destaca é tristeza. A única emoção que consegui reprimir durante toda a noite.

Estou à beira das lágrimas, por isso escondo o rosto em seu pescoço e tento contê-las. Ele paralisa. Tenta recuar, provavelmente para olhar para mim, mas eu o seguro com força. Ele massageia minhas costas.

— Caymen? O que foi? Desculpa. Fui muito rápido? — Segurando minha cintura, ele me tira de cima do balcão.

— Não, não é isso.

— Desculpa.

— Você não fez nada. É minha negação aparecendo na hora errada.

— Não sei se ele entende o que eu digo, porque as emoções deixam minha voz diferente.

— Vamos conversar. O que aconteceu?

— Você pode só me abraçar por um minuto? — Estou tentando me controlar antes de explicar o que houve.

Ele percebe que havia me soltado, então respira fundo e me abraça de novo. Não há um milímetro de espaço entre nós. Sua presença é a única coisa que me mantém inteira enquanto os pensamentos que deveriam ter me ameaçado a noite toda finalmente se apresentam.

E se minha mãe estiver grávida? Um bebê vai ser a nossa ruína. Não temos dinheiro para isso. E que tipo de homem é o Matthew? Ele vai fugir quando souber? Como minha mãe pôde cometer o mesmo erro duas vezes? Se eu acreditava que tinha uma pequena esperança de deixar a loja de bonecas e começar uma vida própria, isso eliminaria todas as minhas chances.

Uma lágrima escapa, e eu a enxugo rapidamente com o dorso da mão.

— Você está me assustando, Caymen. Que foi?

— A minha mãe.

— O que tem ela? — Xander está alarmado.

— Talvez ela esteja grávida.

Xander resmunga um palavrão.

— Caramba, Caymen, sinto muito. — Isso é tudo que ele diz por um tempo. Os dedos criam uma trilha em minhas costas: de lado, para baixo, de lado, para cima. Um padrão que ele repete muitas vezes. — Quando você descobriu?

— Hoje — suspiro. — Mas pode não ser isso. E espero que não seja, de verdade. Mas, se ela não estiver grávida, pode ser alguma coisa mais séria, e eu sou uma filha horrível por desejar que seja qualquer coisa menos gravidez.

Ele segura meus ombros e me afasta, e eu não resisto. Quando nos encaramos, Xander diz:

— O que eu posso fazer?

— Fazer tudo isso ser um sonho do qual eu possa acordar amanhã.

Ele morde o lábio.

— Tenho a sensação de que tirei proveito dessa situação. Desculpa. Se soubesse, eu nunca...

— Para — eu o interrompo. — Não fala isso. Passei semanas esperando esse beijo. Desde muito antes de saber sobre a minha mãe, desde que você me acompanhava até o colégio.

Ele olha para minha boca, depois novamente para os olhos.

— Você queria me beijar?

— A palavra é *quero*. Eu ainda quero te beijar. — E toco seus lábios com os meus.

Ele recua um pouco.

— Eu seria muito canalha se te beijasse agora. Vamos conversar. — Segurando minha mão, Xander me leva por um corredor até uma ampla sala de cinema. Várias poltronas reclináveis, dispostas em desnível, ocupam o espaço diante de uma grande tela branca.

— Uau — falo enquanto giro num círculo lento. — É aqui que vamos ver *O iluminado*.

Um canto de sua boca se ergue num meio sorriso, e ele se aproxima de uma prateleira coberta de DVDs, de onde tira um disco cuja capa tem a foto de Jack Nicholson mostrando o rosto assustador na fresta de uma porta.

— Você tem o filme?

— Eu comprei. Você disse que íamos ver.

Eu me jogo em uma poltrona.

— Pode pôr, então.

Ele balança a cabeça.

— Hoje não. Vamos conversar. — Xander guarda o DVD e senta na poltrona ao lado da minha.

— O que você estava fazendo antes de eu chegar?

— Vou reformular a frase. Vamos conversar sobre *você*.

— Não dá pra fazer um aquecimento? Não sou muita boa com essas coisas.

Ele assente.

— Tudo bem. Antes de você chegar? Eu estava fazendo meu trabalho de história.

— Você estuda na Academia Dalton ou na Oceanside? — Dois colégios particulares. Tenho certeza de que ele é aluno de um dos dois.

— Na Dalton.

— Dalton... é o sobrenome da sua avó. — Antes de terminar a frase, já me sinto idiota por ter falado. — Dã. Não é coincidência.

Ele ri.

— Aliás, muito obrigado.

— Por quê?

— Por me lembrar como é ser tratado como uma pessoa normal. Fazia tempo que eu não conhecia alguém que não sabia quem eu era.

Inclino a cabeça.

— Espera, quem você é?

Ele puxa meu cabelo de brincadeira.

— Seus pais são muito legais — comento.

— Quando eles conseguem o que querem, sim.

— Está trabalhando no site que o seu pai pediu, então?

Ele respira fundo.

— Pois é. Estou. E não devia, eu sei.

Levanto as mãos.

— Eu não falei nada.

— Tive ideias incríveis para o site ser uma coisa inovadora e empolgante, e meu pai recusou todas elas. Ele disse que tem que ser "clean e clássico".

— Talvez seja melhor para a clientela que ele tem.

— Como assim?

— Nenhum adolescente vai reservar um quarto nos seus hotéis. O público-alvo é formado por empresários e pessoas ricas. Clean e clássico funciona para eles.

Xander fecha os olhos por um segundo e diz:

— Tem razão. Por que ele não disse exatamente isso?

— Talvez ele tenha tentado. Você não escuta muito o seu pai.

— Porque ele quer me transformar em uma versão perfeita do que ele é, e eu me sinto sufocado. Eu não sou ele.

— Não é engraçado? Você não quer ser parecido com o seu pai, e eu quero saber se tenho alguma semelhança com o meu.

— Desculpa. Fui insensível.

Toco o ombro dele.

— Não foi. Eu entendi o que você disse. Você não quer ser definido pelo seu pai. Especialmente por ter tantas semelhanças físicas com ele.

Mas você não é ele. Sempre vai ser diferente. — Sempre vai ser incrível. Por que é tão difícil falar a última parte em voz alta?

Ele segura minha mão e a acaricia com o polegar.

— Seu pai ficaria muito orgulhoso de você. De quem você é.

Minha garganta se comprime e meus olhos se enchem de lágrimas. Consigo segurá-las, mas me surpreendo com a reação intensa. Com quanto preciso ouvir alguém dizer isso.

— Ele mora em Nova York. É um advogado chique de lá.

— Você pesquisou sobre ele?

— Eu precisava saber. Posso precisar de um rim um dia desses.

Xander ri.

— Quando eu tinha doze anos, li a história de um homem que não via o pai fazia anos, e um dia descobriu que tinha câncer. O pai dele era compatível para a doação de medula. Salvou a vida dele — comento.

Xander olha para mim por tanto tempo que me sinto incomodada.

— Você não precisa estar morrendo para tentar se aproximar do seu pai.

Massageio meu braço.

— Ele abandonou a minha mãe.

Xander concorda com um movimento lento de cabeça.

— E você acha que querer conhecê-lo seria como trair a sua mãe?

Olho para cima, mas outra lágrima escapa, apesar do esforço.

— Ele foi embora.

— O relacionamento que eles tiveram não tem que definir o seu relacionamento com ele.

— Ele me abandonou também.

— Sinto muito. — Xander passa o nó dos dedos no meu rosto. — E a sua mãe? Por que a possibilidade de uma gravidez é tão devastadora?

— Você acha que estou exagerando?

— Eu não disse isso. Também ficaria perturbado se fosse a minha mãe. Só não quero projetar meus motivos em você. Como você se sente?

— Furiosa, magoada e envergonhada, tudo ao mesmo tempo. É uma confusão de emoções. Não consigo acreditar que ela pode ter repetido o mesmo erro. — Puxo os joelhos sobre a poltrona e viro de frente para ele. — Eu me sinto culpada e egoísta por desejar que uma pessoa não exista, mas não quero essa mudança.

— Você vai se entender com todos esses sentimentos. Na verdade, vai derreter quando segurar o bebê no colo.

— Não, não vou. Não gosto de crianças e as crianças não gostam de mim. Chegamos a esse consenso há muito tempo.

Ele sorri.

— Bom, pelo menos você tem tempo para se acostumar com a ideia.

— Se for verdade.

Suspiro e fecho os olhos com força.

O polegar dele continua desenhando círculos no dorso da minha mão.

— É tão bom ter você aqui. Na minha casa. Você devia vir todo dia.

Dou risada.

— Sou melhor em pequenas doses. Falando nisso, acho melhor eu ir embora. Nós dois temos aula amanhã.

— De jeito nenhum. Você tem que ficar mais uma hora, pelo menos. — E me puxa para a poltrona com ele. — Obrigado por conversar comigo. Eu sei que é difícil.

Encosto a testa na dele.

— Obrigada por me escutar.

— Tudo certo para amanhã à noite?

Amanhã à noite? Ah! Dia da profissão. A suposta reunião de lojistas. Não vou perder de jeito nenhum.

— Tudo certo.

— E hoje? — Ele me abraça com força.

Meu estômago parece decolar sem mim.

— O que tem hoje?

— O que vamos fazer durante a próxima hora?

Finjo pensar.

— Trabalhar no seu site?

185

— Ha-ha.

Faço uma cara séria, o que é difícil, considerando o sorriso que parece ter se instalado definitivamente em meus lábios.

— Não é brincadeira, você devia trabalhar nisso.

Ele inclina a cabeça e estuda meu rosto.

— Sério?

— Não — respondo com a boca na dele.

33

Abro a porta segurando a sineta para evitar o barulho e puxo Xander para dentro.

— Mas o que...?

— Shhh. — Fico quieta por alguns instantes, ouvindo com atenção para ter certeza de que minha mãe não voltou pela porta dos fundos. Ela acabou de sair... atrasada. Eu havia dito a Xander para chegar às seis e meia da tarde, meia hora depois de quando ela pretendia sair, mas os minutos foram passando e eu percebi que o intervalo seria muito curto. No fim, funcionou melhor desse jeito, porque agora podemos segui-la.

Quando finalmente respiro e olho para Xander, ele está me encarando no escuro. Minha mão está em seu peito e eu o empurro contra a parede do lado de dentro da loja. Minha respiração falha.

Seu hálito não devia ser familiar em tão pouco tempo. Deixo que ele me abrace e fecho os olhos. Sinto seus lábios nos meus. Quero me perder no beijo, mas sei que não temos tempo.

— Vamos. — Seguro a frente da camisa dele e o puxo para a porta dos fundos, que abro um pouquinho. O Luigi's fica um quarteirão de nós, e vejo minha mãe virando a esquina no fim da viela.

— Caymen — Xander fala atrás de mim. — Dá pra explicar o que está acontecendo?

— Um trabalhinho de detetive. Investigador particular, alguma coisa assim. — Puxo do bolso de trás as poucas fotos que tirei de Matthew com a câmera de Xander. Eu as imprimi. A qualidade é ruim, porque nossa impressora é velha, mas a imagem é suficientemente clara.

— O que é isso?

Saio da loja e ele me segue.

— Preciso descobrir tudo sobre esse cara.

— Entendi. E o que sabemos até agora?

— Nada.

— A srta. Observadora Científica não tem fatos concretos?

— Tenho um pressentimento. — Se minha mãe pode estar grávida, preciso descobrir tudo que puder sobre o pai em potencial.

— E agora pressentimentos provam teorias?

— Cala a boca.

Ele ri e segura minha mão. O gesto me surpreende, e acho que tive um sobressalto, porque ele a afaga e ri. É estranho andar de mãos dadas. Penso na foto que vi na revista, com ele e Sadie de mãos dadas, e me pergunto se pode haver alguém escondido nas sombras para nos fotografar.

Quase como se lesse meus pensamentos, ele diz:

— Mudamos para cá pensando em escapar dos holofotes. Los Angeles é horrível. Não tínhamos nenhuma privacidade.

Assinto, mas não sei como responder.

— Mas como aqui não é a metrópole mais próspera da Califórnia e nossos negócios estão em muitos lugares, viajamos muito. Meu pai me leva junto em várias ocasiões. Como amanhã. Vou ter que ficar na Flórida até sexta-feira, e no sábado tem a festa.

Ele não está pedindo minha permissão... está? Só está me contando porque... Por quê? Estamos juntos?

— Estou me perguntando quando vou te ver de novo.

— Ah. Na semana que vem?

— Vai anotar meu nome na agenda gigante?

— Não sei. Talvez ela esteja cheia. Eu e a minha vida agitada precisamos verificar.

Quando viramos a esquina, vejo o toldo vermelho e branco do restaurante italiano Luigi's e as costas da minha mãe, que já fecha a porta depois de entrar. Hum... Não era isso que tinha que acontecer. Ela devia ter encontrado o homem alto, moreno e sinistro.

— E agora? — Xander pergunta.

— Nós esperamos. — Ando até um trecho de grama na esquina, de onde temos uma boa visibilidade do Luigi's, mas não da janela. Sento no chão. — Está com medo de estragar o jeans? — pergunto ao ver Xander hesitar. — Não está molhado.

— Não... É só que... Estamos espionando a sua mãe? — Ele senta ao meu lado.

— Sim — admito, me encolhendo um pouco.

— Caymen, eu sei que você está abalada, mas acha que esse é o jeito certo de lidar com a situação?

Aponto para as fotos que ele ainda está segurando.

— Preciso saber sobre ele.

Xander dá mais uma olhada nas imagens.

— É ele? O pai do... — Ele nem consegue terminar a frase. É como se estivesse tão envergonhado quanto eu. Será que já conheceu alguém que engravidou fora do casamento?

— Sim. — Apoio as mãos no chão atrás das costas.

Ele assente uma vez e olha em volta.

— Por quanto tempo vamos esperar aqui?

Olho para o Luigi's.

— Não sei. — Talvez ela vá encontrar Matthew depois da reunião. Pego as fotos da mão dele e as examino mais uma vez.

— Você acha que eu seria um bom detetive?

— Quê?

— Hoje é a sua "noite da profissão". — Ele desenha aspas no ar e consegue fazê-las parecer elegantes. — Era o que a gente ia fazer hoje, não era? Você devia estar me oferecendo opções adequadas para explorar. Você acha que eu seria um bom detetive?

— Sim. É claro.

— Porque sou muito bom em observação e leitura de pistas e interpretação de sinais? — Ele puxa folhas de grama. Parece muito magoado.

Minha luz de alerta acende, indicando para eu recuar, consertar tudo isso, dizer a ele: "Não, isso tem a ver comigo e com a minha mãe, e eu preciso da sua ajuda". Abro a boca, mas é tarde demais.

Ele levanta, limpa as mãos e estende uma para mim.

— Eu te levo de volta.

— Vou ficar — respondo.

— Tudo bem. — Xander começa a se afastar.

— Desculpa — digo para suas costas. Ele para. — Só estou pensando em mim. Você fez coisas incríveis por mim, e eu não fiz nada por você. Te levei para cavar uma cova. Você me levou para conhecer a Universidade de Nevada.

Ele vira e olha para mim.

Aponto para a rua.

— Eu ia te levar ao Eddie's. Ele prometeu que nos ensinaria a fazer seus famosos muffins e contaria como abriu a padaria, essas coisas. Achei que você ia gostar, porque adora comida, e pensei que se daria bem como dono de restaurante ou algo assim. Mas isso tudo aconteceu e...

Ele se aproxima, segura meu rosto entre as mãos e me beija.

Por um momento não consigo respirar, depois só quero respirar Xander. Comer, dormir e beber Xander Spence. Não me canso dele. Não sei como existi sem ele, porque sua energia é a força que me sustenta neste momento.

Ele se afasta um pouco, e eu encho os pulmões de ar. Deito na grama, porque os ossos não sustentam mais meu corpo. Ele deita de lado, perto de mim, e se apoia sobre um cotovelo.

— Comprei um vestido — conto naquele estado de glória.

— Hum... que empolgante.

— Se ainda quiser, posso ir com você à festa beneficente no sábado.

— *Se* eu quiser? — Ele balança a cabeça. — Eu vou adorar ter você comigo na festa. Pensei que você não quisesse. Sim, vamos. — Ele me beija de novo, e eu rio com os lábios nos dele. Enterro os dedos nos cabelos em sua nuca. Ele aperta um lado do meu corpo, e eu rio de novo.

Não ouvi passos nem o barulho de chaves. Tudo o que escuto é alguém pigarreando. Sento depressa e o sangue sobe à minha cabeça, deixando a periferia do meu campo de visão turva por um momento. Mas, com visão turva ou não, ainda consigo ver minha mãe olhando para nós dois, e ela está furiosa.

31

Por alguma razão, começo a rir. Talvez por não conseguir controlar as batidas alegres do meu coração. Talvez por ainda estar muito brava com minha mãe, por causa de todos os segredos que ela tem escondido de mim, vê-la furiosa me dá alguma satisfação. Ou porque não sei o que dizer. Seja como for, a risada é engraçada na noite quieta.

— Oi.

Ela olha para Xander, começando pelo cabelo recém-cortado e terminando nos sapatos caros. Depois o olhar desdenhoso volta para mim.

— Vejo você em casa.

E se afasta. Mordo a boca para segurar o riso. Quando ela vira a esquina, deito novamente na grama e puxo Xander comigo. Eu o beijo, mas ele resiste.

— Caymen, espera.

— O quê?

— Ela não sabe da gente?

— Você sabe que não.

— Não. Eu não sabia. Pensei que você tinha contado, depois que me apresentei para ela.

Eu me sinto péssima. Isso era o que eu devia ter feito. Era o que eu ia me obrigar a fazer antes da mensagem destruidora na secretária eletrônica.

— De onde você tirou essa ideia? Eu fingi que não te conhecia.

— Pensei que você estivesse brincando. Pensei...

Esta noite eu não estou me dando muito bem na categoria Fazer Xander Se Sentir Especial. Deslizo os dedos por seu pulso, depois uno minha palma à dele.

— Desculpa. Minha mãe tem uma história que a deixou meio amarga. Eu ia contar pra ela, mas as coisas foram acontecendo. Eu vou contar.

— Acho que agora ela já sabe.

Dou risada de novo.

Um canto de sua boca se eleva num meio sorriso.

— Então a Eddie's está aberta agora? Vamos comer.

Xander se encosta em seu carro, lambendo o que ainda resta de muffin em seus dedos.

— Não sabia que você era tão próxima do Eddie. Tem até uma senha para bater na porta depois do horário de funcionamento. Você podia ter me contado isso antes.

— Não compartilho as poucas vantagens que tenho. — Jogo o saco de papel vazio em uma das latas de lixo da nossa rua. Quando viro de frente para Xander, ele me puxa. Deixo escapar um gritinho de surpresa.

Ele esconde o rosto na curva do meu pescoço.

— Eu devia ir pra casa. Minha mãe está esperando pacientemente para gritar comigo. Melhor enfrentar isso de uma vez.

— Ela vai aceitar? A gente? — a voz soa abafada em meu pescoço.

Traço desenhos em seus cabelos com os dedos e sorrio.

— Ela vai aceitar depois que te conhecer. Como pode alguém não gostar de Xander Spence?

— Isso é verdade. — Ele me beija uma vez, depois me solta.

Começo a me afastar, mas olho para trás. Xander está apoiado no carro olhando para mim, e tem um sorriso doce no rosto. Tropeço, mas me equilibro com uma risadinha.

— Divirta-se na Flórida.

A loja de bonecas está escura, mas tem luz na escada dos fundos. Respiro fundo e subo devagar, sentindo que não estou preparada para enfrentar a raiva que vi ardendo nos olhos de minha mãe. Estou muito feliz. Não quero que minha mãe estrague esse efeito pós-beijo. Talvez ela esteja dormindo. Talvez isso passe. Rio de mim mesma. Isso nunca vai acontecer.

A porta cede rangendo quando a empurro. Quase posso sentir a tensão que paira no ar esperando pela combustão. Minha mãe está sentada à mesa da cozinha. A iluminação é fraca. Só as lâmpadas embaixo do armário iluminam a bancada. Acendo uma luz.

— Desde quando? — Essa é a primeira coisa que ela diz.

— Dois meses.

— É com ele que você tem passado o seu tempo?

— Sim.

— E o Mason? Pensei que você e ele...

Balanço a cabeça numa resposta negativa.

— Somos só amigos.

Ela levanta e me encara.

— Onde vocês se conheceram?

Sei que ela não está mais falando sobre Mason. Voltou ao Xander.

— Aqui.

— Vocês se conheceram aqui. — Minha mãe aponta para o chão.

— Não, na verdade foi lá embaixo — explico e aponto a porta. Talvez agora não seja um bom momento para fazer piada, porque o rosto dela endurece.

— Você sabe que os Dalton são... — É como se ela não conseguisse pronunciar a palavra.

— Podres de ricos? Sim, eu sei.

— Caymen... — Ela deixa escapar um longo suspiro.

— Qual é o problema? A gente se gosta.

— Pessoas como ele não ficam com pessoas como nós.

É minha vez de suspirar.

— Mãe, por favor, não vivemos no século dezenove.

Ela ri com ironia.

— Quanto mais rica a pessoa, mais devagar o tempo passa.

Finjo espanto.

— Quer dizer que ele vai ter dezessete anos pra sempre?

— Caymen, isso não é brincadeira. — Ela passa a mão no rosto. — O que a sra. Dalton vai pensar?

Olho para o seu punho cerrado, e minha euforia finalmente desaparece.

— O que isso tem a ver com a sra. Dalton?

— Você conheceu o neto dela na loja. Ela vai pensar que não somos profissionais.

— Acho que a sra. Dalton gosta de mim.

— Ela gosta de você como a garota que a atende, não como a namorada do neto.

Pisco uma vez, tão chocada que não sei o que dizer. É como se minha mãe tivesse acabado de falar: "A família do Xander vai achar que você não é boa o bastante para ele. E sabe de uma coisa? Não é mesmo".

— Você sabia que eu não ia concordar, por isso mentiu.

Não acredito que minha mãe, que está escondendo tantas coisas de mim, tem coragem de falar comigo desse jeito.

— Mãe, você está sendo ridícula. Nós estamos nos divertindo. Você não pode ficar feliz por nós?

— Isso é tudo que você vai ser para ele. Diversão. Você não enxerga? Você só significa um pouco de emoção para ele, Caymen, alguma coisa diferente até ele fazer a escolha verdadeira.

— Eu dei a impressão de que quero um pedido de casamento? Puxa, eu ia esperar mais três semanas, pelo menos, antes de falar com ele sobre isso.

Minha mãe ignora completamente o sarcasmo.

— Ele está se divertindo. É excitante sair com a menina que mora em cima da loja de bonecas. Uma aventura. Mas ele não vai ficar. Vai fazer você sofrer.

— Uau, agora entendo por que o meu pai nunca veio me ver.

— Seu pai nunca quis te ver! É o que estou dizendo, Caymen. Você não entende? Ele nos abandonou.

Estou ofegando, meu peito subindo e descendo com força, mas sinto como se o oxigênio não chegasse aos pulmões.

— Maravilha. Você acha que eu posso fazer chantagem com ele? Aparecer no escritório gritando "papai"? Como Will Ferrell em *Um duende em Nova York*?

— Caymen, uma piada agora não vai fazer nenhuma de nós se sentir melhor.

Tenho a sensação de que alguém está apertando meu coração com a mão.

— *Um duende em Nova York* não é piada. Esse filme é um clássico.

Minha mãe deixa escapar um suspiro pesado.

— Estou aqui, se quiser conversar de verdade sobre o que está sentindo. E não posso te impedir de ver o Xander, mas, se você confia na minha capacidade de julgamento ou se importa com a minha opinião, não devia mais encontrá-lo.

Ela não quer saber o que eu sinto de verdade. Só quer me impedir de ver Xander.

— Sua opinião foi registrada. — Saio da sala esperando conseguir respirar de novo em breve.

35

No sábado, espero em frente à loja. Minha mãe e eu mal nos falamos durante a semana inteira, e não quero que ela use essa ocasião para reafirmar sua péssima opinião sobre Xander, por isso estou eliminando essa possibilidade. Desconfortável, mexo os pés nos sapatos de salto (que são da Skye, na verdade). Não costumo usar salto. Mas há sacrifícios que estou disposta a fazer por Xander, e parece que posso acrescentar "salto alto" à lista cada vez maior... logo depois de "relacionamento com a mãe".

Ele para o reluzente carro preto esportivo e eu mordo o lábio. Eu havia brincado sobre ele ter mais de um carro. Por que Xander tem que se encaixar tão bem em alguns estereótipos e negar outros? É como se ele quisesse provar que minha mãe parece estar certa, só para ela ter que se esforçar para perceber que está errada. Ela não vai fazer esse esforço.

Xander sai do carro e meu coração avisa que ainda gosta dele. Muito. Ele fica incrível de terno. O cabelo está penteado para trás, criando a impressão de que ele é mais velho. A pele tem uma cor saudável depois da viagem à Flórida.

— Senti sua falta — ele diz.

— Eu também.

— Você está linda.

O vestido cai bem em mim, mas me deixa meio acanhada, porque adere a certas partes do corpo. E o fato de ter sido comprado em um brechó não ajuda muito. Os vestidos que verei esta noite são duas vezes mais elegantes e cem vezes mais caros.

— Estou me sentindo uma fraude.

— Por quê? Você não passou a vida indo a festas como essa?

— Ah, sim, toneladas delas. — Bato no braço dele.

— Sorte sua. Minha mãe me obriga a ir.

— Ela tem razão. Seria um crime privar o mundo de te ver de terno.

Xander ajeita a bainha do paletó.

— Gostou?

— Sim. Muito.

Ele passa um braço em torno da minha cintura e me puxa para perto, me envolvendo em uma variedade de aromas, de pasta de dente a loção de barba. O salto alto me deixa meio instável, mas me apoio nele e recupero o equilíbrio. Eu o abraço e penso que minha mãe pode estar espiando da janela, mas o cheiro e os braços de Xander me lembram por que estou brigando por isso. Por ele. É bom sentir esse abraço. Todas as coisas que minha mãe falou sobre mim e ele desaparecem.

Ele beija meu rosto.

— Que cheiro bom.

— Você também está cheiroso.

Ele olha por cima do meu ombro para a porta da loja.

— Vamos entrar?

— Não... não. — E o abraço com mais força. Queria poder convidá-lo a entrar. Queria que minha mãe pudesse conhecê-lo, que o aceitasse como aceitou Mason.

— Tudo bem. — Ele me leva para perto do carro, abre a porta do passageiro e me ajuda a entrar.

Em seguida, Xander se senta ao volante, liga o motor e olha para mim.

— Qual é o problema, baby? — Ele segura minha mão e a coloca em seu joelho.

— Esse vai ser o nosso apelido carinhoso? Baby?

Ele sai da vaga e começa a dirigir.

— Não gostou?

— Não é ruim, mas me lembra do porquinho.

— Quer sugerir algo?

— Sempre gostei de docinho, porque não sou nada doce, então acho que fica engraçado.

— E bonequinha?

— Ha! Só se você quiser que eu faça careta.

— Tudo bem, que tal mudadora de assunto. Combina bem com você. — Ele afaga minha mão. — Valeu a tentativa, mas qual é o problema... bonequinha?

Suspiro.

— Minha mãe e eu tivemos uma briga feia.

— Por minha causa.

— Quanta arrogância. Você acha que tudo tem a ver com você?

— Por que você brigou com ela?

— Por sua causa.

Ele sorri. Adoro esse sorriso. Não quero falar sobre minha mãe. Quero falar sobre seu sorriso e sobre beijos. Adoraria falar sobre beijos.

— O que a sua mãe não aprova em mim?

— Basicamente o fato de você ser rico. Se der para mudar só esse detalhe, vai facilitar muito a minha vida.

— Vou fazer um esforço.

— Obrigada. Você é muito compreensivo.

— Ela quer alguma coisa diferente pra você, é isso?

— Como assim?

— Diferente do que ela viveu?

— É isso. Resumindo, ela não quer que eu conheça um cara rico, engravide e seja abandonada.

— E ela acha que isso aconteceu por causa do dinheiro dele?

— É ridículo, eu sei.

— Foi isso que levou vocês duas ao apartamento em cima da loja de bonecas?

Penso em como os pais do meu pai deram a ela o dinheiro para abrir a loja de bonecas.

— É, foi isso.

— Você sempre morou lá, então?

— Sim.

— Uau. Ela é radical.

O que radical tem a ver com morar em cima de uma loja de bonecas?

— Em alguns aspectos, sim.

— Pensei que a minha mãe fosse radical, mas a sua ganha o prêmio.

O salão de baile do hotel é o mais lindo que já vi na vida real: lustres enormes, piso de ladrilhos decorados, cortinas grossas descendo do teto. Xander me leva até uma mesa na fileira da frente, e eu respiro fundo. Qual foi o conselho bobo que Henry me deu antes de eu conhecer Mason? Ah, sim, ser eu mesma. Não sei se isso vai dar certo aqui, no entanto. Talvez eu possa escolher outra pessoa para ser, só por esta noite.

Vejo a sra. Dalton e sinto vontade de correr e me esconder. Em qualquer outro momento e em outra situação, a presença dela teria me deixado à vontade, mas, depois do que minha mãe disse, sinto a mão esquentar na de Xander, como se um holofote iluminasse nossos dedos entrelaçados.

Nossos olhares se encontram, e fico olhando para ela. Gotas de suor brotam em minha testa, e eu passo a mão nela. A sra. Dalton sorri e acena.

— Acho que estamos sendo intimados. — Ele pisca para mim. Quero brincar, mas estou muito nervosa.

— Caymen — diz a sra. Dalton. — Não sabia que você viria. É muito bom te ver. Fico feliz por saber que o Alex conseguiu te convencer.

— Foi difícil, vó. Essa garota não é fácil. — Ele beija minha mão.

— Nada que valha a pena ter é fácil de conquistar — ela diz.

Talvez eu esteja enganada, mas essa não é a resposta de alguém que está brava por descobrir que o neto está namorando a balconista de uma loja.

— Trate bem a Caymen, ou vai se ver comigo. — Ela aponta para Xander com ar ameaçador.

— Você não devia dizer isso a ela sobre mim? Seu neto sou eu, afinal. — Ele se curva, beija o rosto da avó e cochicha algo que faz a sra. Dalton dar risada.

— O que você disse a ela? — pergunto quando nos afastamos.

— Disse que você é perfeitamente capaz de fazer e cumprir suas próprias ameaças e que não precisa de guarda-costas.

— Isso é verdade.

— Querem que eu circule um pouco antes de sentarmos, mas em vez disso vou dançar com você e depois procuramos a nossa mesa.

— Não.

— Você não quer dançar comigo?

— Não. Quer dizer, eu quero, mas não escolha esta noite, a noite especial da sua mãe, para ser o filho rebelde. Ela vai me culpar por isso.

Xander ri.

— Não vai. Minha mãe comentou recentemente sobre como tenho sido mais responsável. Ela atribui a mudança a você.

— Não imaginei que seria uma influência tão boa sobre você, considerando que tenho sido a rainha da irresponsabilidade ultimamente.

— De acordo com minha mãe.

— Vem, estão tocando a nossa música.

Ouço com atenção. Tem uma banda em um canto do salão, e a música é clássica. Como Lucas havia mencionado, não tem vocalista.

— Essa é a nossa música?

— Bom, é a sua banda, lembra? Portanto qualquer música que eles tocarem é nossa.

— Ah, verdade. — Em cima do salto alto, fico na altura perfeita para encostar o nariz em seu pescoço. Abro os três botões do paletó dele e deslizo as mãos por baixo até suas costas, e dançamos como outros casais.

Ele começa a inventar palavras ridículas para cantar a canção no meu ouvido.

— Você devia pegar um microfone. A banda precisa de você.

— Qual é? Prefere a voz macia do Tic?

— Sim.

Ele ri.

— Eu também.

Uma voz feminina interrompe nossa brincadeira:

— Oi, Caymen.

Xander para e vira para trás.

— Mãe. — Ele a abraça.

Em seguida, ela me surpreende com um abraço. O cabelo loiro está bem penteado. As sobrancelhas têm um desenho perfeito, e ela deve ter injetado alguma coisa na pele para deixá-la tão lisa.

— É bom ver o meu filho sorrindo assim. Um sorriso o deixa ainda mais bonito, não acha?

— Eu chamo esse sorriso de arma secreta.

Xander franze a testa.

— Chama?

— Na maior parte do tempo só em pensamento, mas às vezes pelas suas costas. — Olho de lado para a sra. Spence. Estou sendo eu mesma. Espero que ela não desaprove o sarcasmo. Vejo que ela sorri e decido que está tudo bem.

Xander me puxa para perto.

— Ah, isso explica muita coisa.

— Só vim dar um oi. Não posso ficar aqui. Alguém tem que comandar o evento. — Ela toca meu ombro. — Mas vamos conversar mais tarde, nós duas. Vou adorar te conhecer melhor.

Sorrio e assinto, embora queira dizer que a proposta soa como ameaça de tortura.

Ela se afasta, e Xander segura minha mão e me abraça outra vez, balançando ao ritmo da canção.

— Não tenho esperança de que você consiga lembrar todos os nomes, mas vou te mostrar minha família — ele avisa.

E começa a recitar nomes e apontar várias pessoas na sala, atribuindo uma história rápida e ridícula a cada uma.

— E aquela é a minha prima Scarlett. — Xander aponta para o outro lado da sala.

— Ah, a boneca. Sim, ela é bem parecida com aquela boneca.

— Não é? — Ele dá risada, e é quase como se Scarlett percebesse que falávamos dela, porque não só olha para o primo como começa a andar em nossa direção. — Scarlett — ele diz quando ela se aproxima.

Ela aperta a mão dele de um jeito meio mole e beija o ar ao lado de seu rosto.

— Essa é a Caymen.

— Oi. Já ouvi falar muito de você.

Olho para Xander. Ele fala de mim o tempo todo? E como devo responder a esse comentário?

— Parece que o Xander precisa sair mais, se eu sou o assunto preferido dele.

O sorriso de Scarlett é quase tão largo quanto o da boneca com a cara dela, depois afaga o bíceps de Xander.

— Viu quem o seu irmão trouxe?

— Não, ainda não encontrei o Lucas. — Ele estica o pescoço tentando localizar o irmão.

— Sorte sua. Eu evitaria, se pudesse. Complexo total de Cinderela.

Xander ri.

— Sério? O Lucas?

— Não me surpreende, considerando a faculdade onde ele estuda. — Ela faz uma careta.

Xander não contou a ninguém da família que eu sou pobre? Se tivesse contado, ele não estaria tentando desviar a atenção do que Scarlett acabou de dizer, em vez de agir como se concordasse com ela?

— Bem, foi bom te conhecer, Caymen, mas o Bradley acabou de chegar e eu tenho que ir.

Vemos Scarlett se afastar, e espero que ele amenize a situação, agora que ela se foi. Talvez diga que a prima é uma esnobe antipática (o que é verdade). Mas ele não fala nada. Só me oferece o braço e diz:

— Vem, vamos sentar.

Xander me leva diretamente ao lugar onde está Lucas, e eu comento:

— A Scarlett não disse que era melhor evitar o seu irmão?

— Impossível. Os lugares são marcados, e eu estou com fome.

— Caymen — Lucas me cumprimenta, levantando-se para me dar um abraço rápido. — Não sabia que você viria. Decidiu sentir o gostinho do tédio, então?

— É, eu... — Nem sei o que dizer. Ainda estou chocada com a conversa entre Xander e Scarlett.

— Essa é a Leah — Lucas aponta para a garota à sua direita.

Ela não levanta, mas sorri para mim.

— Prazer.

Xander puxa uma cadeira para mim, e eu sento meio entorpecida.

— Cadê o Samuel? — ele pergunta olhando em volta. Há cartões com nomes nos dois lugares ainda vagos à mesa.

— Está a caminho.

Samuel chega menos de cinco minutos mais tarde, e, como quando Xander encontrou Lucas no aeroporto, eles se abraçam como se não se vissem há muito tempo. Lucas se junta aos dois. Samuel apresenta a garota que o acompanha, e nós nos cumprimentamos.

— Samuel — diz Xander, tocando a parte inferior das minhas costas —, essa é Caymen Meyers.

— A Caymen Meyers? — Ele sorri, e eu me surpreendo com a diferença entre os irmãos. Xander tem a aparência morena do pai, e os outros dois são mais claros, como a mãe. — Ouvi falar muito sobre você.

— Sinto muito.

Nós nos sentamos, e Samuel levanta o copo vazio e gesticula para um garçom que passa pela mesa.

— Então, Caymen, você é parente dos Meyers da SCM Farmacêutica?

Abro a boca para dizer que não, mas Xander é mais rápido.

— Sim, ela é neta deles. Eles foram convidados para a festa. — Ele olha em volta. — Ainda não chegaram, mas a Caymen vai ter que me apresentar.

Samuel continua:

— Meu pai tem um grande respeito pelo seu avô. Ele diz que qualquer homem capaz de ter aquele tipo de lucro com lojas intermediárias deve ser um gênio. Eu adoraria saber como pensa um empresário com essa sagacidade.

Estou atordoada demais para raciocinar. Por isso a família de Xander tem me tratado tão bem? Ele está fingindo que eu sou rica?

36

— Eu não tenho avós.

Lucas e Xander riem, e Lucas comenta:

— Ela fala as coisas com uma cara tão séria que não sei como você sabe quando é brincadeira, Xander.

— Ela está sempre brincando.

Samuel sorri e diz:

— Não sabia que os Meyers tinham parentes morando nessa região.

Xander assente.

— Eu também não sabia, foi a vovó quem me contou.

Nada disso faz sentido. A sra. Dalton deve ter feito alguma confusão. Por que ela pensa que eu sou parente desses Meyers cheios da grana? Só porque temos o mesmo sobrenome?

Engulo com dificuldade e olho em volta. Depois olho para a porta, para as pessoas que estão chegando. Eu havia brincado quando disse que não tinha avós. Eu tenho, os dois casais. Só que não os conheço. Os pais da minha mãe a deserdaram quando ela ficou grávida, e os do meu pai lhe deram dinheiro para ela ficar de boca fechada. Tenho os avós mais espertos do mundo. Meyers é o sobrenome da minha mãe, mas é bem comum. Ela não é parente dos Meyers da SCM Farmacêutica. Não pode ser. É só coincidência. Olho para a sra. Dalton do outro lado da sala. A doce senhora sorri para mim.

Todo mundo na mesa está olhando para mim, e percebo que alguém deve ter feito uma pergunta. Sinto uma mão tocando meu joelho e me assusto. Olho para baixo, depois subo da mão para o braço e continuo até o ombro de Xander, chegando aos olhos preocupados.

— Tudo bem? — ele pergunta.

— Não... Sim... Só preciso ir ao banheiro.

— Depois daquela porta, à direita. — Ele fica em pé e beija meu rosto. — Não vai fugir pela janela. Estamos chegando na parte mais chata. Você não vai querer perder.

Tento rir, mas não consigo. O banheiro é um alívio bem-vindo, e eu me fecho em uma das cabines e tento entender o que acabou de acontecer. Xander acha que eu sou rica. Ele pensa que minha família é rica. Por isso o pai dele não criou problemas ao ouvir meu nome e os irmãos dele me tratam como se fôssemos iguais. Um soluço brota do meu peito, e eu o sufoco com a mão.

— Garotos ricos são burros — resmungo, me obrigando a ficar brava, porque não posso correr o risco de ficar magoada agora. Ainda tenho que chegar em casa com minha dignidade.

Quando estou saindo do banheiro, quase levo uma portada no nariz.

— Desculpa — diz a garota que está entrando e passa correndo por mim. Ela abre a torneira e começa a esfregar a mancha em sua camisa branca. Noto a saia preta e deduzo que faz parte da equipe de garçonetes. E ela está quase chorando.

— Tudo bem?

— Acabei de sujar a camisa com vinho tinto, e duvido que dê para limpar. — A moça estende a mão para a saboneteira. — Meu chefe vai me fazer ir para casa.

— Espera, não use sabonete. Tenho uma coisa aqui. — Abro a bolsa e pego um frasco de água oxigenada. Normalmente não temos esse tipo de problema com as bonecas na loja, mas uma criança com as mãos sujas ou alguém tomando café pode fazer um estrago considerável. A água oxigenada faz milagres. Espalho um pouco na camisa da moça e absorvo o excesso com uma toalha que está em cima da bancada. — Pronto, olha só. Mágica.

Ela inspeciona a camisa, depois me abraça. Provavelmente percebendo que não devia tratar um convidado com tanta intimidade, se afasta com o rosto vermelho.

— Desculpa. É que... Muito obrigada.

— É só um removedor de manchas.

— Pelo qual sou muito grata.

— Não foi nada.

Ela olha para a camisa limpa mais uma vez.

— É melhor eu voltar ao trabalho.

— É melhor.

Ela sai do banheiro, e eu me encosto à parede de azulejos. A "crise" me distraiu por um momento, mas não eliminou o que me espera lá fora.

Tenho que sair. Não sei como encarar Xander quando disser a verdade. Volto ao salão de baile e quase tropeço em uma mulher com um fone de ouvido na cabeça e uma prancheta na mão.

Começo a me afastar dela, mas paro.

— Você é a responsável pelo evento?

Ela sorri para mim, como deve sorrir para todos os convidados, mas vejo sinais claros de estresse em seus olhos. Deve estar esperando uma reclamação.

— Sim. Precisa de alguma coisa?

— Xander Spence disse que meus avós já chegaram, e não consigo encontrá-los. Pode me mostrar em que mesa estão os Meyers? — Aponto a prancheta como se ela não soubesse onde verificar a localização das mesas.

— Claro. — A mulher vira as páginas, desliza o dedo por uma delas e diz: — Ah, aqui está. Mesa 30. Eu mostro onde é.

— Obrigada.

Tenho a sensação de estar andando embaixo d'água. Minhas pernas se movem em câmera lenta. A cabeça lateja com a pressão. Quando chegamos à área das mesas, eu me encosto à parede mais próxima e ela para ao meu lado.

— Ali — diz. — Ela está de blusa azul-turquesa. Viu?

Sigo a direção do dedo e vejo a senhora.

— Sim. Lá está. Obrigada.

— Por nada. — A organizadora de eventos se afasta apressada, provavelmente em resposta à voz que escuto transbordar do fone de ouvido.

Eles estão de costas para mim, mas a mulher de blusa turquesa tem cabelo escuro na altura dos ombros, e o homem ao lado dela é grisalho. Paro no limite da área das mesas, depois vou contornando a sala lentamente, esperando o momento em que verei o rosto dos dois. Finalmente vejo. Espero sentir um reconhecimento instantâneo, uma emoção, mas nada acontece. Uma parte do peso sobre meus ombros desaparece.

A mulher levanta a cabeça, e nossos olhares se encontram. A expressão que vejo surgir devolve o peso com um acréscimo de duas toneladas. É reconhecimento. Sua boca se move formando uma palavra que leio de longe: "Susan". Meu rosto queima.

A sra. Dalton não se confundiu: esses Meyers são meus avós.

A mulher segura o braço do marido, que olha para ela, confuso. Não quero ver o que vai acontecer. Viro para ir embora, mas bato de frente no peito de Xander.

— Achei você. As entradas acabaram de ser servidas. Caviar, torradas e salada grega. Você gosta de caviar?

— Não sei. Nunca comi. — O que ele disse mais cedo sobre minha mãe ser radical e sobre morarmos em cima da loja de bonecas fica claro. Ele pensa que minha mãe fez tudo isso de propósito. Para me mostrar como vive o outro lado. E estou começando a entender que, de certa forma, foi isso mesmo que ela fez. Minha mãe cresceu rica. Por isso sabe tanto sobre a vida na riqueza. Minha mãe...

Ela mentiu para mim. Minha vida é uma mentira. Não, a vida dela é uma mentira. A minha é a verdadeira. Estamos falidas. Vivemos um dia de cada vez. Qualquer aumento insignificante no consumo pode representar a ruína da nossa loja.

— Que foi? O que eu fiz? — Xander pergunta.

209

Devo estar disparando raios mortais pelos olhos, porque estou furiosa.

— Você só gostou de mim porque pensou... — Não consigo terminar a frase. Estou muito brava. Não só com ele. Com tudo. Com minha mãe, com a situação, com os avós que nem conheço. — Tenho que ir.

Viro e vejo outro rosto familiar. Um rosto que eu preferiria não ver. Robert. Vê-lo me faz pensar que eu devia ter jogado refrigerante na cara dele na última vez em que o encontrei.

Xander segura meu braço.

— Espera. Fala comigo.

— Acho que não lembro o seu nome — diz Robert.

— Porque eu não falei — resmungo.

— Cadê o seu namorado? Mason, não é? Ele é um ótimo cantor.

A mão de Xander aperta meu braço.

— Robert, agora não.

— É que eu a vi no show na semana passada. Não sabia que ela e o Mason estavam juntos.

— Não estamos — respondo.

— Como assim? — Xander solta meu braço.

— Eles estavam bem envolvidos.

— Não. Não estávamos. — Pelo canto do olho, vejo minha avó se aproximando de nós. — Tenho que ir.

— Caymen. — O olhar de Xander é magoado, mas eu também estou magoada. Muito. Magoada demais para pensar. Magoada demais para me defender contra o cafajeste à minha frente. Só preciso ir embora.

E é isso que faço.

37

Entro na loja tomada por sentimentos que brigam por minha atenção. Um deles é a raiva extrema que sinto da minha mãe por ter mentido para mim a respeito de tudo durante minha vida inteira. O outro sentimento é o de um coração partido que me faz querer correr para o colo da minha mãe e dizer que ela estava certa sobre garotos ricos e que preciso dela para fazer essa dor ir embora.

Eu a encontro sentada atrás do caixa, imóvel como uma estátua, como se estivesse me esperando. As luzes estão apagadas, exceto pela iluminação de algumas prateleiras. O olhar no rosto dela é quase tão sem vida quanto o das bonecas que a cercam.

— Desculpa — ela pede. — Fui injusta.

— Eles estavam na festa — falo com voz rouca. Minha garganta ainda dói.

— Quem?

— Seus pais.

O choque e a devastação transformam sua expressão, e ela apoia a cabeça no balcão. Estou ocupada demais sentindo pena de mim mesma para me sentir mal por ela. Passo por minha mãe, subo a escada, vou para o meu quarto e fecho a porta.

Vi muitas bonecas quebradas na vida. Algumas com danos pequenos, como um dedo faltando, mas outras com membros arrancados e a cabeça estilhaçada. Nenhuma se compara a como eu me sinto destruída neste momento. E é minha culpa. Eu sempre soube que Xander era de outra espécie. Por que me permiti acreditar que podia fazer parte dela?

211

Troco o vestido por um moletom, me encolho na cama e, finalmente, deixo correr as lágrimas que se acumulam e saem acompanhadas de grandes soluços.

Ouço a batida na porta, mas ignoro. Isso não a impede de entrar. Por que impediria? É evidente que ela não tem respeito nenhum por meus sentimentos. Engulo o choro outra vez e tento controlar a respiração. Ela senta na cama atrás de mim.

— Não tem uma boa explicação para eu ter escondido de você quem são os meus pais. Talvez eu tenha pensado que você ia querer o tipo de vida que eles têm. Ou que, se eu não pudesse te dar o suficiente, você iria procurá-los e tentar ter acesso às coisas de que sentia falta.

Se ela tivesse me deixado quieta, eu teria guardado isso para mim, mas o fogo em minha garganta está pronto para ser posto para fora.

— Por que você os deixou? — Sento na cama. — O que eles fizeram?

— Caymen, não. Eles me expulsaram. E me deserdaram. Eu sempre fui honesta sobre isso. Mas eu me arrependo de verdade. Podia ter sido mais aberta com você. Eu estava revoltada e magoada com a atitude dos meus pais. Não dei a eles a chance de voltar atrás, mesmo que quisessem. Eu simplesmente desapareci.

— E me fez sentir péssima por não contar sobre o Xander. Me fez sentir sem nenhum valor. Como se a sra. Dalton e a família dela me odiassem.

— Eu sinto muito.

— A sra. Dalton sabe quem você é? Eu não entendo.

— Ela conhece a minha história, mas eu não sabia que ela conhecia meus pais. Ela deve ter guardado meu segredo durante todo esse tempo.

— Não sei se algum dia vou conseguir confiar em você de novo. Estou furiosa.

— Eu entendo. Espero que volte a confiar em mim, mas eu entendo.

— E o Xander. Ele não é perfeito, mas era legal e me tratava bem, e você não quis nem dar uma chance a ele. O Xander não é meu pai. E eu não sou você. Não vou engravidar e fugir.

Ela assente.

— Eu sei. — Minha mãe segura a região do estômago e respira fundo.

— Que foi?

— Nada. Tudo bem. Só preciso... — Ela levanta, cambaleia, mas se equilibra apoiando o corpo na parede.

Eu também fico em pé.

— Você não parece bem.

— Eu preciso deitar. — Ela dá um passo à frente e se apoia no encosto da cadeira da escrivaninha.

— Mãe. Você não está bem.

Ela segura o estômago de novo e sai correndo do quarto.

Eu a sigo até o banheiro, onde ela vomita na pia. Pia que agora está vermelha.

— Mãe! Isso é sangue?

Ela limpa a boca, sujando o pulso de sangue. Depois tosse.

— Isso já aconteceu antes?

Ela responde que sim com a cabeça.

— Estamos indo para o hospital. Agora.

Caminho pelo corredor enquanto espero o médico me dizer o que está acontecendo. Chegamos há duas horas. Quando ele finalmente aparece, sinto que vou desmaiar. O médico olha em volta, e estou tentando entender o que está esperando, quando ele pergunta:

— Só você?

— Só eu? — Não entendo a dúvida.

— Tem mais alguém aqui com você?

— Ah. Não. Só eu. — Talvez eu devesse ter ligado para o Matthew. Ele devia estar aqui. Tem o direito de saber. Prometo a mim mesma que vou achar o telefone dele e ligar assim que terminar de conversar com o médico. — Por favor, minha mãe está bem?

— Ela está melhorando. Estamos fazendo alguns exames, tentando excluir possibilidades. A sua mãe foi medicada e agora vai dormir.

213

— E, hum... — Não sei o que dizer. — Tudo bem com o bebê?

— Bebê? — Ele arregala os olhos e verifica a prancheta. — Ela disse que está grávida?

— Não. Só pensei que podia estar.

— Não, ela não está. Mas vamos fazer mais alguns exames para verificar.

Tenho vergonha pelo alívio que sinto. Mas a vergonha não dura muito tempo, porque, excluída essa chance, percebo que o problema pode ser mais grave. A preocupação que me invade não deixa espaço para vergonha.

— Ela está doente? — Minha voz está sufocada.

— Sim, e estamos tentando descobrir a causa dos sintomas. Já excluímos algumas hipóteses mais graves, e isso é bom. — Ele bate no meu ombro, como se assim pudesse amenizar o impacto do que está dizendo. — Logo teremos uma resposta.

— Posso ver a minha mãe?

— Ela está dormindo e precisa descansar por um tempo. Prometo que aviso assim que ela der sinal de que vai acordar. — Ele olha em volta. — Você não devia estar sozinha.

Mas estou. Minha mãe é tudo o que tenho.

— Não tenho celular.

— Tem um número para o qual eu possa ligar para falar com você?

Muitas vezes na vida eu fiquei aborrecida por não ter um celular como *todos* os adolescentes que conheço. Mas agora, quando quero ir para a sala de espera e dormir no sofá antiquado, é a única vez que sinto que poderia morrer sem um telefone. Talvez eu devesse ir para a casa da Skye. Mas e se ela não estiver lá? E a casa dela fica dez minutos mais longe do hospital do que a loja. Ficar dez minutos mais longe do hospital não é uma opção. Dou ao médico o número do telefone da loja e vou embora.

Em casa, fico sentada ao lado do telefone. Isso não vai dar certo. Preciso ocupar a cabeça. Sempre tem alguma coisa para fazer na loja. Em todos esses anos morando em cima da loja de bonecas, nunca limpei as prateleiras à uma da manhã. Começo a limpar e, quando chego à vitrine da frente, uma parede inteira de prateleiras está brilhando, e eu estou suada. Começo então a outra parede. Mais ou menos na metade das prateleiras, encontro uma plaquinha sem boneca. Carrie. Procuro em todos os lugares, mas ela não está lá. Minha mãe deve ter vendido a boneca hoje e se esquecido de pôr a plaquinha na gaveta para o próximo pedido.

Mas não precisávamos pedir mais uma Carrie. Ela é bem popular. Eu sei que tínhamos mais duas em estoque, pelo menos. É uma bebê dorminhoca, uma recém-nascida de carinha tranquila. Todo mundo adora essa boneca. Até eu acho que ela é bonitinha, o que é um milagre, considerando que todas as bonecas me assustam.

Vou ao fundo da loja. Encontro três caixas com o nome Carrie enfileiradas na segunda prateleira. Não preciso da escada para pegar uma delas. Imediatamente sei que a caixa está vazia pelo peso, mas a examino do mesmo jeito e confirmo a impressão. Pego a caixa seguinte. Vazia. Puxo todas as caixas, mesmo as que têm outros nomes. Logo o chão está repleto de bolinhas de isopor, mas não há nenhuma boneca.

Agora eu sei quanto tempo é necessário para pôr abaixo uma parede inteira de caixas e olhar todas elas. Quarenta e cinco minutos. Sento no chão e encosto a testa nos joelhos. Sempre achei que absorvia muitos problemas que eram da minha mãe, que fazia mais do que deveria na loja, mantinha o lugar funcionando, mas agora percebo que ela estava carregando tudo sozinha. Por que minha mãe não se abriu com ninguém?

Estou fazendo a mesma coisa.

Pego o telefone sem fio de cima da prateleira e faço uma ligação.

O telefone do outro lado toca quatro vezes.

— Alô? — A voz que atende é sonolenta.

— Preciso de você.

38

Quando entra na sala de estoque, Skye não esconde o espanto.

— O que aconteceu?

— Eu baguncei tudo.

Ela senta no sofá e bate na almofada a seu lado. Eu me arrasto até lá e apoio a cabeça em seu colo. Skye brinca com meu cabelo, trançando e destrançando uma parte dele.

— Sou uma pessoa horrível. Pensei que preferiria morrer a aceitar uma possível gravidez da minha mãe, e agora sinto que estou morrendo.

— Vamos conversar.

— A minha mãe está doente. Ela está no hospital. Não me deixaram ficar lá.

— Ela não está grávida, então?

— Não.

— E aquele Matthew, quem é?

— Não sei. Talvez eles estejam só namorando. Eu devia ligar para ele, você não acha? — Minha cabeça dói. — Não tenho o número.

— Não se preocupa com isso. A sua mãe vai ficar bem. Ela mesma pode ligar para o Matthew amanhã.

Balanço a cabeça concordando com ela.

Skye passa a mão no meu cabelo algumas vezes.

— Cadê o Xander? Foi comprar comida pra você ou algo assim?

Fecho os olhos. Não quero pensar na outra parte horrível da noite.

216

— Acabou. Para sempre.

— O quê? Por quê?

— Ele achou que eu era rica, Skye. Só gostou de mim por isso.

Ela tosse e se ajeita melhor no sofá.

— Hum... não quero ofender, mas ele esteve aqui, não? Por que acharia que você é rica?

— Porque ele conhece os meus avós. Os pais da minha mãe. E parece que eles estão entre as pessoas mais ricas da Califórnia.

— Quê?

— Eles estavam na festa hoje.

— Uau. Que loucura.

Eu me sento.

— É loucura, não é? Eu tenho o direito de estar furiosa com isso. Com a minha mãe. E com o Xander.

— Você está brava com o Xander porque seus avós são ricos?

— Não. Por essa ser a única razão para ele gostar de mim.

— Ele disse isso?

— Não, mas... — Passo as mãos pelo rosto. — Como vou saber se o que ele diz é verdade ou não? Mesmo que ele diga que continuaria comigo de qualquer jeito, jamais vou ter certeza, porque ele sabia dos meus avós, e agora ele não tem como provar mais nada.

Skye segura minhas mãos.

— Nem tudo tem que ser provado. Talvez você deva confiar nele, só isso.

— E a minha mãe? Devo confiar nela também? Porque ela mentiu pra mim desde sempre. E eu estou com raiva. E me sinto culpada por estar com raiva, porque ela está doente. — Deito no sofá e olho para o teto.

— Eu entendo, também estaria brava. Mas você não acha que eles têm o direito de saber que a sua mãe está doente?

— Quem?

— Os pais dela.

Balanço a cabeça para responder que sim. Ela está certa.

217

— Você pode ligar para o Xander amanhã e pedir o contato deles?

— Você não quer falar com ele?

Cubro os olhos com as mãos.

— Não. E, por favor, não fala nada pra ele sobre o que está acontecendo com a minha mãe. Não preciso da piedade dele, nem quero que ele venha me procurar por se sentir culpado.

— Tudo bem, eu consigo essa informação pra você, é claro. — Skye senta no chão e apoia a cabeça ao lado da minha no sofá. — Tenta dormir. Eu atendo o telefone, se tocar.

— Não consigo.

— Quer que o Henry venha para cá? Ele pode tocar guitarra. Vai te distrair um pouco.

— São três e meia da manhã. Ele deve estar dormindo.

Skye olha a tela do celular para confirmar o horário.

— Talvez não, ele é meio coruja.

— Eu acho que a noite acaba às duas da manhã. Até as corujas foram dormir.

— Por que a noite acaba às duas?

— Não sei. É o máximo que consigo aguentar acordada, é o fim da noite para mim.

Ela ri e manda uma mensagem de texto.

— Se ele responder, é porque está acordado. Se não responder, é porque está dormindo.

— Uau, esse é um método altamente científico de determinar se alguém está dormindo ou acordado.

Ela bate na minha cabeça de brincadeira.

— Fico feliz por você não ter abandonado o sarcasmo.

Em algum momento da madrugada, decido que Henry é um cara legal. Fico feliz por Skye ter sido capaz de enxergar além do nariz pontudo dele. Eu adormeço ao som da guitarra de Henry.

Quando abro os olhos, vejo Skye do outro lado da sala falando ao telefone. Passo de sonolenta a totalmente acordada em um segundo, pulo do sofá e quase tropeço em Henry, que está dormindo no chão. Ela acena para mim enquanto balança a cabeça. Depois move os lábios formando uma palavra. *Xander*. Imediatamente viro e me jogo no sofá. Espero que ela não tenha dificuldade para conseguir as informações sobre meus avós e que ele consiga me tirar completamente da vida dele.

— Não — diz Skye. — Ela está dormindo.

Que horas são? Abaixo a mão e viro o relógio no pulso de Henry para ver o mostrador. Dez e meia da manhã. Uau. Dormi cinco horas, pelo menos. Então por que ainda tenho a sensação de que alguém bateu no meu rosto com um taco? E por que Skye ainda não desligou o telefone? De quanto tempo ela precisa para anotar um endereço e um número de telefone?

— Xander, por favor — ela está dizendo.

Ela é boazinha demais. Eu já teria conseguido o número. Talvez deva ligar para o hospital enquanto estou esperando. Procuro o telefone, mas lembro que Skye está com ele. Por que ela não usou o celular? E se o hospital tentar ligar para cá? A raiva que sinto de Xander volta com força total.

— Não — Skye fala com um suspiro manso. Estou me preparando para levantar e arrancar o telefone da mão dela, quando a vejo escrever alguma coisa no papel que está segurando. — Obrigada. Sim, claro. Eu falo para ela. — E desliga.

— Fala o quê?

— Que ele quer conversar com você.

— É bom saber. Eu não quero falar com ele.

— Eu sei. — Ela me entrega o papel e abaixa ao lado do Henry, passando a ponta dos dedos no rosto dele. — Henry. Acorda.

Chuto sua perna, e ele acorda assustado.

— Às vezes você só precisa ser um pouco mais firme, Skye.

Ela revira os olhos, mas sorri. Falei que ela precisa ser mais firme, mas eu não mudaria nada nela.

*Uma hora mais tarde, estou no saguão do hospital espe-*rando alguém me orientar. Ninguém telefonou, mas, depois que Skye saiu para trabalhar e eu liguei para os pais da minha mãe e contei o que estava acontecendo, não consegui mais esperar. Finalmente a recepcionista desliga o telefone e diz:

— Ela está no quarto 305. Pegue o elevador para o terceiro andar, e alguém vai acompanhar você até a ala.

— Obrigada.

Estou ansiosa. Só quero ver minha mãe. Se a vir agora, sei que vou me sentir melhor. A maior parte da minha raiva se transformou em preocupação, mas ainda restou um pouco dentro de mim, e quero que ela fique lá. No momento em que entro no quarto e vejo o rosto dela, pálido porém tranquilo, suspiro aliviada. Puxo uma cadeira para perto da cama e me forço a segurar sua mão.

— Oi, mãe — cochicho.

Ela não se mexe.

Não sei quanto tempo passo ali segurando a mão dela (uma hora, duas?), mas depois de um tempo o médico entra e acena me chamando até o corredor.

— Desculpe, não dava para deixar você ver a sua mãe ontem à noite. Ela estava nos quartos no andar de baixo, e é difícil permitir visitantes, porque são quartos compartilhados. Só depois ela foi trazida para cá.

— O que está acontecendo?

— Ainda estamos esperando o resultado de alguns testes. Sua mãe tem estado muito cansada ultimamente?

— Sim.

Ele assente, como se desconfiasse disso.

— Tenho um palpite para o diagnóstico, mas vamos fazer uma endoscopia para ver o que está acontecendo. O ultrassom não mostrou muita coisa, e quero ter mais elementos.

— Tudo bem. Isso é perigoso?

— Não. É um procedimento comum de risco mínimo, e espero que ele nos dê algumas respostas definitivas.

— Ela sabe?

— Sua mãe ainda não acordou. — Devo ter feito uma cara assustada, porque ele acrescenta: — O que não é motivo para preocupação. Demos a ela um sedativo para induzir o sono, mas o efeito vai passar logo. Vamos falar com ela, você também pode conversar com ela e, se a paciente concordar, vamos marcar o exame para amanhã cedo.

— Posso ficar aqui agora?

— Claro. Como eu disse, agora que a sua mãe está em um quarto particular, você pode ficar. Pode até dormir com ela, se quiser.

— Sim. Obrigada.

Quando estou me preparando para voltar ao quarto, vejo meus avós entrarem no corredor. Por que minha mãe não está acordada para lidar com isso? Eu nem conheço essas pessoas. Esfrego os braços e aceno discretamente.

— Caymen, não é? — a mulher pergunta. Sra. Meyers? Vovó?

— Sim. Oi, eu sou a Caymen.

Ela cobre a boca por um momento e inspira.

— Você é muito parecida com a sua mãe quando era nova. — Ela toca meu rosto. — Mas tem os olhos do seu pai. Você é muito bonita.

Transfiro o peso de um pé para o outro.

O homem resmunga alguma coisa e estende a mão para mim.

— Olá, sou o estranho um e essa é a estranha dois. Ainda se sente constrangida?

Esboço um sorriso.

— A única coisa que vai deixá-la constrangida é o seu senso de humor distorcido, Sean. Ele está brincando, meu bem.

— Eu sei. — Senso de humor pode ser um traço genético? Aponto para a porta. — Ela ainda está dormindo, mas vocês podem vê-la.

A mulher respira profundamente algumas vezes, e de novo, porém mais depressa.

— Quer que eu peça um tanque de oxigênio, Vivian, ou você vai ficar bem? Deve ter um sobrando por aí.

Ela bate no peito do marido.

— Só preciso de um minuto. Não vejo minha filha há dezessete anos, e agora a verei em uma cama de hospital. Preciso absorver essas informações.

— O médico acha que sabe o que está acontecendo e disse que ela vai ficar... — Bem. Era o que eu ia dizer. Mas percebo que ele não falou isso. Talvez ela não fique bem.

— Caymen — diz Sean —, pode me dizer onde encontro esse médico? Tenho algumas perguntas.

— É claro. Ele está ali conversando com a enfermeira.

— Obrigado. Podem entrar, vocês duas. Eu já volto.

Ele se afasta, e Vivian fica parada onde está, respirando daquele jeito estranho.

— Pode entrar sozinha. Eu fico aqui fora esperando — sugiro.

Ela assente, mas não se move. Seguro a porta aberta, e isso a induz a se movimentar. Minha mãe vai ficar furiosa se acordar e encontrar a mãe dela sentada a seu lado? Depois de como desmoronou na loja ontem à noite, quando falei sobre seus pais, tenho a impressão de que ela queria isso há muito tempo.

Olho para o fim do corredor, onde Sean conversa com o médico. É bom ter mais alguém do meu lado para cuidar das coisas importantes. Se Sean é sagaz como Xander e os irmãos dele o descreveram, sei que ele é capaz de administrar as coisas.

Meus avós são ricos. Que estranho.

Logo Sean volta para perto de mim.

— De quanto tempo ela vai precisar para resolver dezessete anos de problemas? — Ele olha para o relógio enquanto fala. — Acha que dez minutos são suficientes?

Sorrio.

— Minha mãe está dormindo. Acho que isso diminui um pouco o tempo necessário.

Ele inspira por entre os dentes.

— Não, a Vivian é ótima quando discute com ela mesma. — E olha para mim. — Elas vão precisar de mais tempo. Já comeu alguma coisa?

— Você não quer vê-la? Faz dezessete anos que não a vê.

— Também não te vi nos últimos dezessete anos.

Meus olhos ardem e a visão fica turva, mas consigo segurar as lágrimas.

— Tenho um tempinho para recuperar, não? Será que dez minutos são suficientes? — ele pergunta.

— Eu estava pensando em cinco, mas vamos ver o que você consegue fazer.

Ele sorri.

— Ah, você é minha neta mesmo.

39

Fico o restante do dia vendo minha mãe passar da mais intensa felicidade à raiva, depois às lágrimas e de volta à felicidade. É um ciclo desgastante, e o médico não gosta disso. Apesar de ter dito que eu poderia dormir lá, à tarde ele nos manda embora. Minha mãe não protesta, o que me faz perceber que ela precisa descansar.

— Deu tudo supercerto... — Sean avalia quando estamos no corredor.

Vivian o fuzila com os olhos.

— Caymen, nós moramos a algumas horas daqui. Será que podemos ficar na sua casa enquanto sua mãe se recupera?

— Podemos nos hospedar em um hotel, se for muito trabalho — Sean acrescenta depressa.

— Nossa casa é bem pequena. Não sei se vocês vão ficar confortáveis lá. Devem estar acostumados com um lugar muito maior.

Sean levanta as mãos.

— Ela acha que somos mimados, Viv. Não dá para admitir isso.

— Pare com isso — diz Vivian. — Vamos ficar bem de qualquer jeito, querida. O que você prefere?

Prefiro que fiquem em um hotel, mas seria grosseiro demais admitir, e ter companhia pode ser bom.

— Podem ficar em casa. Tudo bem.

Enquanto andamos para o estacionamento, Sean comenta:

— Então... Xander Spence, hein? Bonitinho demais para o meu gosto, mas é um bom rapaz.

— Seu gosto não interessa, felizmente — Vivian interfere. — Sim, ele parece ser um bom rapaz.

— Não estamos juntos.

— Ah. Bom, presumimos que sim por causa de ontem à noite.

— Algumas coisas aconteceram. Mas está tudo bem. — Isso é que é ter avós? Mais gente dando conselhos amorosos?

Viviam me envolve com um braço.

— Eu não queria dizer, mas também acho que ele é bonitinho demais, meu bem.

O impulso automático de defender Xander a todo custo me domina.

— Depois que a gente conhece de verdade, ele é... — Paro. Não preciso mais defendê-lo.

Ela afaga meu ombro.

— Foram vinte e quatro horas bem longas, não foram?

— Sim.

*Dá para perceber que eles acharam o apartamento peque*no. Principalmente quando Sean abre a porta do armário do corredor pensando que vai conhecer outra área da casa e para de repente.

— É suficiente para nós duas, e temos a loja de bonecas no andar de baixo. Quando fica muito apertado aqui em cima, temos espaço extra.

Não a conheço muito bem, mas acho que Vivian se sente culpada por como vivemos. Mas eu fui muito sincera: sim, nossa casa é pequena, principalmente se a compararmos com outras, porém nunca senti falta de nada. Sempre fui feliz. Só recentemente comecei a perceber tudo o que eu não tive.

Vivian insiste em fazer compras e volta para casa com mais comida do que podemos consumir em um mês. Ela se dedica a encontrar um lugar para guardar cada coisa. Depois começa com as perguntas que eu temia.

— Você disse que está terminando o colégio?

Balanço a cabeça, confirmando.

— E o que vai estudar no ano que vem? — Sean pergunta, inocente, enquanto lê o rótulo de uma lata de milho que Vivian comprou. É evidente que está evitando o contato visual, porque o que pode haver em uma lata de milho, além de milho? Ele pressente que o assunto me incomoda?

— Eu não... — começo. — Não sei ainda. — Mas não posso continuar. Não por vergonha de admitir ou por precisar ajudar na loja. Depois de ter encontrado todas as caixas vazias na sala de estoque ontem à noite, percebo que não tenho ajudado muito. Minha mãe tem que entender quais são as necessidades da loja, e a minha presença ali não vai ajudar em nada. Tenho que seguir em frente. — Vou estudar ciências. Ainda não sei onde.

— O que você vai fazer com um diploma de ciências? Você gosta de medicina?

— Não, talvez eu me dedique a perícia criminal, mas ainda não sei.

— É um ótimo campo de estudos. O curso abre muitas possibilidades. As opções são ilimitadas, realmente.

— É verdade — concordo.

O telefone toca e eu atendo imediatamente, pensando que pode ser minha mãe ou o médico. Mas é um homem.

— A Susan está?

— Não. Quer deixar recado?

— Pode dizer a ela que o Matthew ligou?

— Matthew. Não. Quer dizer, posso, mas ela está no hospital.

O homem me surpreende com uma risadinha.

— Essa é a desculpa da vez?

— Como?

— Escuta, diz para a sua mãe que é só ela pagar as contas que eu paro de telefonar.

— Você é algum credor?

Sean olha para mim.

— Diz para ela me ligar — Matthew retruca.

Sean gesticula pedindo o telefone e eu passo o aparelho para ele. Meu avô se dirige à porta, que fecha depois de passar por ela. É bom ter ajuda.

Minha mãe aperta minha mão com força.

— O médico disse que é um procedimento de rotina, mãe. Não precisa ficar nervosa.

— Mas você não foi sarcástica comigo a manhã toda. Deve achar que isso é sério.

Eu rio.

— Estou cansada demais para ser sarcástica, e o seu pai me fez perceber que não sou original.

Ela sorri.

— Gostou deles?

— Sim. — Não consigo dizer mais nada. Não é hora de reclamar por ela ter mentido para mim a vida inteira. Meus avós não são os monstros que ela me descreveu. É difícil controlar a raiva.

— Eu sei — ela fala, e é como se lesse meus pensamentos. — Eu te impedi de conviver com eles. Tomei a decisão por mim, mas não tinha o direito de decidir por você. Desculpe.

Afago a mão dela.

— Vamos recuperar esse tempo quando você estiver melhor. Então você já pode parar de fingir que está doente. Se queria seus pais de volta, podia ter feito alguma coisa menos dramática.

Ela sorri.

— Então não vou morrer.

— Eu te amo, mãe.

— Eu te amo, filha.

Sean e Vivian já falaram com minha mãe. Pego o elevador e desço para ir encontrá-los na sala de espera. Quando chego, vejo que não estão sozinhos. Xander está de costas, mas o reconheço imediatamente, senão pelo restante, pela postura perfeita. Se Vivian não tivesse olhado para mim quando entrei, eu teria voltado antes de Xander perceber minha presença, mas o olhar dela me trai. Meu coração dispara. Recuo mesmo assim, vou em direção à porta e saio para o dia frio. As árvores sem folhas que cercam o estacionamento parecem negras em contraste com o céu branco.

— Caymen — ele chama. — Espera, por favor.

Paro sobre a grama amarelada e olho para ele.

— O que é?

— Quase esqueci quanto uma pessoa pode ficar insegura com esse seu olhar.

Espero que ele explique o que faz aqui.

— Muito bem, acho que a bola está comigo. — Ele respira fundo. — Estou diante da possibilidade de fracasso. Estou apostando tudo, mesmo sabendo que posso perder. E estou apavorado.

Engulo em seco, lutando contra o impulso de confortá-lo.

— Mas, como você disse, qualquer coisa que valha a pena ter também vale o risco. — Ele olha para a grama, depois para mim outra vez, como se tivesse preparado um discurso que vai começar a recitar. — Me desculpa. Aquela noite, a noite da festa... foi uma idiotice. Eu não sabia que você não conhecia os seus avós. E o que o Robert falou...

— O Robert? — Lembrar dele naquela noite é como ser atingida por um raio. Eu havia me esquecido dele e de todas as outras coisas que aconteceram. — Eu não... O Mason e eu nunca..

— Eu sei. A Skye me contou. Ele me pegou desprevenido, e eu deduzi que esse era o motivo para você querer ir embora da festa. Culpa. Mas o Robert é um canalha. Não sei por que acreditei nele, mesmo que por um segundo. Eu devia ter ido atrás de você para ter certeza que você estava bem. De que nós estávamos bem.

228

É verdade. Robert é um canalha.

Ele olha para as mãos, depois desliza os dedos pelo cabelo e parece menos composto do que me acostumei a vê-lo.

— Entendo que você ficou chocada por conhecer os avós que nunca tinha visto, mas por que não retornou as minhas ligações?

— Você estava comigo porque achava que eu era rica.

— Quê?

— E pode negar quanto quiser, mas eu nunca vou saber a verdade. Porque você não pode deixar de saber o que já sabia.

— Fiquei sabendo sobre os seus avós faz menos de um mês. A minha avó me contou. No começo eu não sabia.

— Não pode deixar de saber — repito.

— Mas... — Xander torce o nariz e, frustrado, olha para o céu.

— Mas o quê?

— Não me odeie pelo que eu vou dizer, mas... você não é rica. Eu vi onde você mora, como vive e, quando fiquei sabendo quem eram seus avós, imaginei que sua mãe estava querendo mostrar como vive o outro lado, oferecer outro ponto de vista. Mas, quando entendi que você nem conhecia seus avós, quando soube que os viu pela primeira vez naquela festa, compreendi que você não tinha dinheiro. Caymen, você é pobre. E eu ainda gosto de você. Muito.

Dou risada e ele sorri. O jeito como se aproxima de mim me faz perceber que está disposto a encerrar o assunto. Mas eu ainda não estou. Tenho perguntas.

— E a sua prima? Ela falou de complexo de Cinderela, e você não protestou.

— Minha prima é uma pirralha mimada, e eu já aprendi que não vale a pena discutir com ela. Mas você tem razão. Fiz muitas coisas erradas naquela noite. Devia ter defendido a moça que estava com o meu irmão. E você. Devia ter dado um soco na cara do Robert, um soco tão forte que ele nunca mais ia querer falar o meu nome, muito menos para ter privilégios. Não devia ter deixado você ir embora. Devia ter te levado pra casa. Devia ter mandado o baile à merda.

— Não mande o baile à merda.

Ele para de repente e fica muito quieto. Estou confusa. Tenho certeza de que Xander está chegando a alguma conclusão muito importante, algo que quero muito que ele perceba. Alguma coisa que vai me fazer dizer: "Tudo resolvido. O amor supera tudo". Em vez disso, ele sorri para mim mordendo o lábio, e quase me jogo em seus braços. Pela primeira vez desde que o deixei na festa há algumas noites, meu coração parece estar inteiro de novo.

— Por que você está sorrindo como se tivesse ganhado alguma coisa?

— Porque você acabou de ser sarcástica comigo. E você só é sarcástica quando está de bom humor. E, se está de bom humor, não deve estar muito brava comigo.

— Você e a minha mãe. Os dois acham que entendem meu padrão de sarcasmo.

— Eu entendo.

— Sou sarcástica o tempo todo, Xander, de bom ou de mau humor. Não precisa fazer um gráfico.

Ele ri.

— Você tem ideia de como eu senti sua falta?

Fecho os olhos e respiro fundo. É isso. A frase que me faz querer perdoá-lo.

— Como você soube que eu estava aqui? Como descobriu sobre a minha mãe?

A resposta é importante. Ele decidiu me procurar depois que soube de minha mãe ou antes? A resposta tem que ser "antes".

— Ontem, quando telefonei para a loja e a Skye não me deixou falar com você...

— Não foi ela quem te ligou? — interrompo.

— Não, eu telefonei e a Skye atendeu, e ela só queria saber sobre os seus avós. Implorei para ela me deixar falar com você, mas não adiantou. Pouco depois, fui até a loja e estava tudo fechado. Aquilo me deixou nervoso. Eu nunca tinha visto a loja fechada durante o dia. Fui ao antiquário vizinho procurar a Skye, perguntar o que estava acontecendo. Ela não estava lá, mas a proprietária, que acho que é meio doida, aliás...

— A gente usa "excêntrica", mas tanto faz.

— Ela me contou sobre a sua mãe. Mas não soube dizer com certeza em que hospital ela estava, então comecei a procurar. O primeiro foi o Community, até que cheguei aqui. — Ele dá um passo à frente e olha para mim com aquele sorriso arma secreta de novo. — Já posso te abraçar? — pergunta e não espera a resposta para me puxar contra o peito. Não resisto e retribuo, envolvendo sua cintura. Lágrimas silenciosas correm por minhas bochechas, e eu relaxo em seus braços. Eu precisava dele.

— Eu te amo — sussurro.

— Oi? Não ouvi.

— Não abusa.

— Também te amo — ele diz e cola o rosto ao meu. — Muito.

Xander se afasta primeiro, apesar de eu agarrar a parte de trás de sua camisa.

— E a sua mãe? É gravidez mesmo?

— Não.

— Isso é bom... não é?

— Não. Eu fui egoísta. Um bebê teria sido uma boa notícia. Isso é horrível. Os médicos estão tentando descobrir qual é o problema.

Ele ajeita meu cabelo atrás da orelha e limpa uma lágrima do meu rosto com o polegar. Tenta recuar mais uma vez, mas continuo segurando sua camisa. Ele ri e me abraça de novo.

— Vamos dar um jeito nisso. Meu pai conhece os melhores médicos do mundo e..

Dessa vez sou eu quem recua.

— Não. Você não está aqui para isso. A última coisa que eu quero é que seus pais pensem que comecei a namorar você porque a minha mãe estava doente e eu queria ajuda. O Sean e a Vivian assumiram o controle da situação, vai ficar tudo bem — concluo, apesar de não ter certeza disso.

— O que eu posso fazer então? Seus avós têm lugar para ficar? Porque eu trabalho hospedando pessoas e...

Sorrio e nego com a cabeça.

— Vocês estão com fome? Quando você comeu pela última vez? Posso ir buscar comida para todo mundo.

Seguro a mão dele.

— Xander.

— Quê?

— Não sai daqui, por favor. Quando o médico aparecer, você pode... ficar comigo?

— Claro. — Ele segura minha mão, e nós entramos juntos no hospital.

Sean levanta uma sobrancelha quando nos vê, provavelmente questionando se já não havíamos decidido que o cara era bonitinho demais.

— O médico já apareceu? — pergunto.

— Não.

— Ah, esse é o Xander — falo, levantando um pouco a mão dele. — Esses são os Meyers... mas acho que vocês já se conheceram na festa.

Sean olha para mim e para Xander, e tenho a impressão de que está se controlando para não dar nenhum conselho de avô. Queria saber se para ele é muito difícil não opinar. Talvez ele tenha aprendido algumas coisinhas sobre adolescentes nos últimos vinte anos. Coisas que não sabia quando minha mãe morava com ele.

Finalmente, Vivian fala:

— Xander, acabamos de encontrá-la. Trate de cuidar bem dela.

— Sim, senhora.

— Caymen — diz meu avô, enquanto segura a mão de Vivian —, vou alimentar esta senhora. Você precisa de alguma coisa?

— Não, nada. — Encontro uma cadeira em um canto, e Xander senta a meu lado. Uma televisão fixada na parede exibe o noticiário em um volume que ninguém consegue escutar.

Sean e Vivian se afastam. Eu os observo. Como é possível que um dia fôssemos só minha mãe e eu, e no dia seguinte eu tenho três pessoas que gostam muito de mim?

O medo me invade. Deus está me preparando, garantindo que não vou ficar sozinha se alguma coisa acontecer com minha mãe? Olho para o teto. *Ainda quero minha mãe*, penso. *Por favor, não a tire de mim.*

— Caymen? — Xander aperta minha mão. — Tudo bem?

— Estou com medo.

— Eu sei. Eu também. — Ele estica as pernas e apoia a cabeça na parede. Depois leva minha mão aos lábios e a mantém ali.

Descanso a cabeça em seu ombro.

— Bom, já excluímos detetive, embora eu tenha que reconhecer que você é muito mais observador que eu.

— Observação forçada.

Deslizo um dedo por uma veia em seu braço.

— Não para produção musical também? O Henry te amaria para sempre.

Ele sorri.

— Seria divertido, mas produção musical custa caro. Não sei se minha opinião tem algum valor, porque sou um amador, mas acho que a Crusty Toads é muito boa. Eles vão se dar bem... mas precisamos falar com eles sobre o logo. Quem desenhou aquela coisa?

— Tem razão, é horrível. Tão horrível que talvez funcione.

Ele comprime os lábios.

— Não sei.

— Tudo bem, esquece produção musical. Voltamos à comida então. Você adora.

— É verdade.

— Vai ficar bravo se eu disser uma coisa?

— Por que eu ficaria?

— Porque talvez você não queira ouvir.

Ele suspira.

— Fala.

— Acho que o seu pai pode estar certo sobre você. Você é uma pessoa de muitos talentos. E consegue lidar com vários problemas ao mesmo tempo. Além do mais, tem esse charme discreto. O hotel pode ser o seu futuro. Combina com você. — Prendo a respiração e espero que ele se coloque na defensiva, diga que não o conheço tão bem quanto ele se conhece.

234

Vejo seus ombros subirem e descerem.

— Você está certa, eu não queria ouvir isso.

— Desculpa.

— Mas talvez você tenha razão. Penso mais no hotel do que deveria pensar uma pessoa que não se interessa por ele.

— Caymen.

Viro na direção da voz que me chamou e levanto imediatamente ao ver o médico.

— Como ela está?

— Correu tudo bem. Confirmei minha suspeita inicial. Ela tem algumas úlceras no estômago.

— Como assim? Isso parece grave.

— E é. Mas felizmente diagnosticamos o quadro agora. É tratável, mas ela vai precisar de tempo para se recuperar. Tempo e um ambiente livre de estresse.

— Com toda certeza. — Talvez um tempo longe da loja de bonecas. Respiro fundo. — Posso vê-la?

— Sim, ela perguntou por você quando acordou da anestesia.

O médico vira e eu começo a segui-lo. Quando percebo que Xander não está comigo, olho para trás.

— Eu espero aqui — ele fala. — E passo as informações para os seus avós quando eles voltarem.

— Não. Vem comigo, por favor. A minha mãe vai querer te ver. — Eu contei a ela o que tinha acontecido na festa beneficente, e minha mãe ficou mais triste do que teria ficado qualquer pessoa que não gostasse de Xander. Naquele momento eu não tinha nada para dizer que pudesse confortá-la, mas agora estamos juntos. Talvez ela fique feliz.

— Caymen, eu vou ficar bem.

Volto, seguro a mão dele e o levo comigo.

— Não é por você.

Ele ri.

Entro no quarto sozinha, enquanto Xander espera no cor- redor. Minha mãe estende a mão, e eu sento ao lado da cama.

— Se entendi bem, sou uma montanha de estresse.

— Você não, o seu estômago.

— Sinto muito.

— Queria que você tivesse confiado mais em mim. Que me deixasse ajudar mais.

Ela ri sem muita animação.

— Mais? Caymen, você fez mais do que eu tinha o direito de pedir.

Olho para o tubo intravenoso em seu braço. A veia perfurada está cercada de hematomas.

— A loja está... — ela começa.

— Com problemas sérios? Sim, eu sei.

— Estou procurando alternativas. Talvez uma loja online seja a solução. Mas, Caymen, essa responsabilidade é minha. Não sua. Houve um tempo em que pensei em deixar a loja para você, mas sei que você tem outros interesses, não tem?

Dou risada e apoio a testa na cama perto dela.

— Só me esforcei muito porque sabia quanto a loja era importante para você.

Ela afaga minha cabeça.

— Você é uma filha incrível. Faz muitas coisas por mim, só por minha causa. Não é verdade?

— É assim que funciona uma família.

— Caymen, se quiser conhecê-lo, você tem o direito.

Levanto a cabeça.

— O quê? Quem?

— O seu pai. A decisão é sua. Não vou ficar magoada.

Assinto. Ainda não sei o que quero com relação a meu pai, mas é bom poder escolher.

— Se não se interessa pela loja de bonecas, o que você quer fazer?

— Faculdade. Quero estudar ciências.

— Perfeito.

— O Xander está lá fora. No corredor.

— Eu sabia que ele voltaria. Como alguém pode ficar longe de você por muito tempo? Vá buscá-lo. Quero me desculpar.

Sorrio. A firmeza com que ela segura minha mão me ajuda a lembrar quanto minha mãe é forte. Depois de afagar a dela, saio do quarto.

— Ela está bem?

Abraço Xander e acaricio seu pescoço com o rosto.

— Como posso estar tão feliz, com a minha mãe no hospital e a loja de bonecas com problemas sérios?

— Você sabe que vai ficar tudo bem. É como a calmaria depois da tempestade. Tudo se ajeitou e, apesar da destruição que ficou para trás, você sabe que o pior já passou.

— Boa analogia.

— Obrigado.

— Pronto para a conversa pós-tempestade com a minha mãe?

— Não sei por quê, mas não me sinto tão confiante quanto naquele dia em que a conheci.

— Vai dar tudo certo. Todas as mães te adoram, lembra?

Ele dobra os joelhos, segura minha cintura e me tira do chão. Só a ponta dos meus pés toca o piso.

— Enquanto a filha dela me amar, eu encaro qualquer coisa.

— Até redrum? Porque, quando sairmos daqui, vamos para a sua casa ver *O iluminado*.

— Agora que eu sei que a rede de hotéis é o meu futuro, você acha mesmo que é uma boa ideia?

Sinto o sorriso dele no meu rosto.

— Não se preocupa, pode cobrir os olhos. Não vou rir de você... muito.

Impresso no Brasil pelo Sistema Cameron da Divisão Gráfica da
DISTRIBUIDORA RECORD DE SERVIÇOS DE IMPRENSA S.A.